La memoria
1040

DELLO STESSO AUTORE
in questa collana

La ferita di Vishinskij
Gli uomini che non si voltano
Uno per tutti
La congiura dei loquaci
Il delitto di Kolymbetra
Quattro indagini a Màkari

in altra collana

La volata di Calò

Gaetano Savatteri

La fabbrica delle stelle

Sellerio editore
Palermo

2016 © Sellerio editore via Enzo ed Elvira Sellerio 50 Palermo
e-mail: info@sellerio.it
www.sellerio.it

2022 Nona edizione

Questo volume è stato stampato su carta Arena Ivory Smooth prodotta dalle Cartiere Fedrigoni con materie prime provenienti da gestione forestale sostenibile.

Savatteri, Gaetano <1964>

La fabbrica delle stelle / Gaetano Savatteri. – Palermo : Sellerio, 2016.
(La memoria ; 1040)
EAN 978-88-389-3544-2
853.92 CDD-23

CIP – *Biblioteca centrale della Regione siciliana «Alberto Bombace»*

La fabbrica delle stelle

Il cinema è la vita senza le parti noiose.
ALFRED HITCHCOCK

Miracoli del grande scherno.
EDMONDO BERSELLI

1

Manca sempre qualcosa alla perfezione.

Il disegno mi mostra un accrocco di perni, buchi, supporti. Stringere con l'apposita brugola. Rimesto tra buste di cellophane, cartoni vuoti, bulloni, rondelle. La brugola non c'è.

Cerco ancora. Non c'è.

Ikea. Qualche tempo fa avevo letto un libro, non ricordo da chi era scritto, un nome impronunciabile. Uno se la prendeva con altri svedesi molto più ricchi di lui. Mi sembrò inzuppato nel rancore di chi è stato fatto fuori dalla ditta. Ora, disperato e senza strumenti, riconosco le buone ragioni dello svedese che accusava i mastri Geppetti perfidi e tirchi.

La cassettiera non prende forma. Sgangherata, implora qualcosa che ne serri le giunture.

Cerco ancora tra fogli di istruzioni, tavole di faggio, viti autofilettanti. La mia brugola è rimasta in Svezia.

Trecento chilometri per andare all'Ikea di Catania, col viadotto di Tre Monzelli crollato; altri trecento per tornare indietro, col viadotto sempre crollato; le polpette svedesi, le patate svedesi, i dolcetti svedesi e meno male che mi sono consolato con due tagli di carne di cavallo alla brace in via Plebiscito.

Tornato a Màkari, avevo l'auto piena di cuscini da un euro, piatti da un euro, appendiabiti da un euro, bicchieri da un euro e una cassettiera da centoventisei euro – l'unica cosa che veramente mi serviva – che resterà incompiuta, come l'autostrada Siracusa-Gela, perché manca l'apposito strumento.

In questi momenti spunta la mia vena melodrammatica.

– Che vuoi da me?

L'embrione di cassettiera non risponde. Nemmeno Mosè rispose a Michelangelo, eppure era Michelangelo.

– Parlo con la cassettiera Ikea. Dio mio, come sono caduto in basso.

– Non c'è bisogno che glielo spieghi, lui sa già tutto.

Ecco, ci mancava Peppe Piccionello. È arrivato.

Se questo fosse un romanzo, mi interrogherei pensoso: Peppe Piccionello è la mia salvezza o la condanna da espiare per aver peccato in qualche vita precedente? Arrivando a inizio estate a Màkari dopo la mia mezza fuga da Roma, appena sbarcato nell'angolo di Sicilia che doveva essere rifugio provvisorio dall'improvvisa disoccupazione – c'è posto migliore della Sicilia per fare i disoccupati? – Piccionello apparve nelle vesti di un angelo custode. In mutande, infradito e T-shirt, come presumibilmente da queste parti girano gli angeli, Piccionello è da sempre l'uomo di fiducia di mio padre, al quale sono state affidate le chiavi e l'ordinaria manutenzione della casa dove papà non vuole più tornare da quando è morta mamma.

Se questo fosse un romanzo, scriverei che Piccionello, autoctono quanto le palme nane della riserva dello Zingaro, ha radici a Màkari risalenti al tempo in cui gli ominidi del neolitico scarabocchiavano le pareti di tutte le grotte della provincia di Trapani. Mi ha salvato da un misterioso corto circuito elettrico, dall'allagamento per esondazione della lavatrice, svelando così i minacciosi segreti che si annidano nelle case a lungo disabitate. Mi ha aiutato a risolvere complessi enigmi di fisica statica, a partire dalla formula algoritmica per individuare la corretta dimensione dei tasselli portanti per pensili da cucina. Ormai deciso a svolgere il suo ruolo di angelo custode a tempo pieno, Peppe Piccionello mi piomba in casa a qualunque ora del giorno e della notte. Spinge la porta ed entra, senza manco bussare. Come adesso.

– Saverio, da quand'è che parli con Dio?
– Peppe, lascia perdere.
– Non sapevo che eri credente.
– Le meraviglie della natura e della scienza mi ispirano la fede.
– Che stai facendo?
– Non lo vedi? Monto la cassettiera Ikea. E prego il Signore.
– La preghiera serve a poco. Ci vuole la brugola.
– Ma veramente dici? Io pensavo che bastava la forza di volontà. E la fede.
– No, così non ce la fai, Saverio. Ci vuole la brugola.

– Primo: fino a due minuti fa non sapevo nemmeno cos'era. Secondo: ora lo so, ma non la trovo.

– Saverio, faccio un caffè.

– Alle cinque di pomeriggio?

– Perché, è vietato?

– Fai quello che vuoi.

Peppe Piccionello va in cucina, svita la macchinetta, travasa e aggiunge acqua, controlla che sia a filo giusto.

Io guardo Peppe, guardo la cassettiera, e mi raffiguro la Svezia, i boschi di conifere, il sistema sociale scandinavo, il prodotto interno lordo svedese e tento di scoprire chi è lo svedese stronzo che non ha messo l'apposito attrezzo nella confezione della mia cassettiera. Cerco di immaginare la faccia di questo Björn, bello grasso e pasciuto che, stanco di annoiarsi nella pace del suo welfare svedese, ha fatto una pensata: queste cassettiere vanno in Sicilia, facciamo uno scherzo, prendiamone una a caso, eccola qui, non mettiamo la brugola, vediamo che succede.

Peppe fischietta. Studia la moka, mi scruta: seduto a terra in mutande impreco sottovoce contro la cassettiera che non vuole saperne di diventare veramente tale.

Ripenso a Björn, a come se la ride nella sua casetta con vista sul mar Baltico, sorseggiando succo di mirtillo nero, tutto sano e fresco perché sa che non dovrà mai preoccuparsi di finire disoccupato o di morire in ospedale per un'appendicite o di rimanere schiacciato nel suo letto per una scossa di terremoto, eventualità invece altamente probabili nella vita di ogni siciliano medio.

E mi incazzo. E incazzandomi divago sulla teoria del caos, sulla farfalla che sbatte le ali in Giappone e fa precipitare il Dow Jones a Wall Street, solo che questa volta l'effetto si abbatte qui a Màkari e la causa è lassù in Svezia dove vive quel gran cornuto di Björn al quale vorrei sinceramente sputare in faccia.

– Certo, pure tu, però – fa Peppe, alzando il coperchietto della moka per vedere se sale il caffè.

– Pure io cosa, Peppe? – chiedo dopo un'inspirazione yogica.

– Ti sei fatto seicento chilometri e non hai nemmeno pensato di comprare una brugola.

– Peppe, vedi questa cassettiera?

– Non esagerare, una tentata cassettiera.

– Bene, questa cassettiera è inventata, prodotta e distribuita da Ikea che in tutti i suoi pacchi, migliaia di pacchi, miliardi di pacchi distribuiti in giro per il pianeta, mette miliardi di brugole. Tranne in uno.

– Mi sa che l'hanno fatto a te il pacco. Quanto zucchero?

– Peppe, queste frasi le pensi prima o ti vengono sul momento? Un cucchiaino scarso.

– Vabbè, prendiamoci il caffè.

Peppe Piccionello viene a sedere pure lui sul pavimento. Sorseggiamo il caffè, lui in mutande, io in mutande.

– Ti sei convinto, finalmente.

– Di cosa, Peppe?

– Fai bene a stare in mutande. I pantaloni lunghi portano malattie.

– Hai ragione, prima o poi ti daranno il Nobel per la medicina.

Il telaio della cassettiera pende a destra. Gli do un colpetto, tentenna, pende a sinistra.

– Cose storte – sospira Peppe.

– Lo vedo.

– No, non parlo di questa cosa qui. Hai saputo di mio compare Stefano Aiello?

– Non so neanche chi è.

– È di Mazara del Vallo, una bravissima persona.

– Non lo metto in dubbio.

– Abbiamo fatto il militare assieme, ho lavorato pure sul suo peschereccio.

– Peppe, quanti compari hai? Hai mai tenuto il conto?

– Trentasette, anzi trentasei dopo la morte del mio compare di Petrosino.

– E cugini?

– Questo non lo so di preciso, ma saremo una novantina.

– Tutti a Màkari?

– Cinquanta a Màkari, dieci a Custonaci, otto a Milano e una ventina a Toronto, in Canada. Ma che vuoi, lo stato di famiglia? Ti stavo parlando di mio compare Stefano Aiello, non distrarmi.

– Ho capito, ha un peschereccio. E io che c'entro? Non sono pescatore, sono apprendista falegname.

– Suo figlio. Non si trova più.

– Come la mia brugola.

– Ti piace babbiare, Saverio. Il ragazzo ha diciannove anni, non si sa più dov'è.

– Sarà scappato con una ragazza.
– Ci puoi parlare tu?
– Con chi?
– Con mio compare Stefano Aiello.
– Io? Perché non chiama «Chi l'ha visto?».
– Sai com'è, per non fare pubblicità. Mio compare Stefano Aiello mi ha pregato di chiederti se puoi incontrarlo.
– Ma perché vuole parlare con me?
– Sai com'è. Ti ha visto in televisione quando hai pubblicato il tuo libro.
– Ho scritto un giallo, non sono il commissario Montalbano.
– Purtroppo no. Ma gli ho detto che sei sveglio, pure se non sembra.
– Grazie Peppe, ci penso e ti dico.
– Bene, magari domani o dopodomani viene a trovarti.
– Ti ho appena detto che ci penso.
– Appunto, mentre ci pensi lo faccio venire. Dammi la tazzina che gli do una sciacquata.

Peppe si rialza.
La mia tentata cassettiera invece va giù, crolla su se stessa, si sventaglia al rallentatore. Con grazia, direi, se non fossi così incazzato.

Peppe mi guarda, poi gli spunta un sorriso sghembo.
– Infame, tu uccidi un uomo morto – gli dico.
Peppe, le tazzine sporche in mano, ride.
– Tu finisci incaprettato, lo sai? – sussurro, e non scherzo.

Alza una gamba, con il piede indica qualcosa.
– Che fai?

L'alluce puntato verso di me, la ciabatta infradito che sventola in aria, Peppe Piccionello ride come il cretino che è.

Ora lo prendo a legnate.

– Là, dietro di te – fa Peppe – la brugola.

Luccica sul pavimento, innocente come il bisturi di Jack lo Squartatore.

Le tiro una pedata, rotea, lampeggia e finisce sotto il divano.

Pentito, mi caccio sotto per riprenderla. Con il culo in aria, chiedo perdono a Björn, chiedo scusa a Ikea, alla Svezia, a Ingrid Bergman, ai vichinghi, agli svevi, ai normanni, a Ruggero, a Tancredi, e pure a Costanza d'Altavilla. Dovevate restarci voi in Sicilia, a quest'ora sarebbe il paradiso delle brugole. E io potrei lavorare al reparto confezione pacchi dello stabilimento Ikea di Petralia Soprana, sorseggiare succo di mirtillo nero e godermi la mia bella parte di prodotto interno lordo più alta d'Europa.

– Che fai? La scrivi? – chiede Peppe, mentre lava le due tazzine.

– No, questa non la scrivo.

2

Sotto la direzione tecnica di Peppe Piccionello, sono riuscito a stringere tutti i perni della cassettiera. Secondo me pende a destra, ma non si vede tanto.

Piccionello si è intestardito a non volermi far cenare da solo, così è andato a prendere da casa mezza teglia di parmigiana di melanzane che aveva preparato sua cugina Amelia – una dei cinquanta parenti tuttora residenti a Màkari.

– Una parmigiana così me la sognavo quando ero nel Pacifico – ha detto, aprendo la diga dei ricordi del tempo in cui era marittimo su un cargo maltese, con funzioni di dispensiere. Ora, io credo che Piccionello non si sia mai allontanato da Màkari per più di tre giorni, ma a sentire i suoi racconti ha esplorato più terre e mari di Magellano e del dottor Livingstone. Sarà come Emilio Salgari, che viaggiava, ma non era mai uscito da casa.

Dopo avere ascoltato le gesta di Piccionello contro i tigrotti di Mompracem, Piccionello con la maga Circe e Piccionello contro il Re Leone, riesco faticosamente a sbatterlo fuori prima di mezzanotte.

– Devi farti bello? – mi fa, fermo sulla porta.

– Voglio riconquistare la mia intimità.
– Appena arriva, me ne vado.
– Te ne vai adesso, così mi disintossico.
– Sei come il cane che non conosce padrone.
– Sono d'accordo con te. L'ingratitudine è la mia moneta corrente.
– Salutami Suleima.
– Non mancherò. Buonanotte, Peppe.

Finalmente sgravato del mio angelo custode, smorzo le luci, accendo qualche candela profumata, attacco la musica della mia playlist «sexnight». E aspetto. A quest'ora Suleima sta servendo gli ultimi tavoli del ristorante di Marilù, i clienti che si attardano davanti alle grappe barricate.

La immagino mentre si toglie il grembiule, saluta in fretta, sale sulla Cinquecento e in pochi minuti percorre i due chilometri e seicento metri che ci separano.

Ripenso a come tutto sia successo in fretta. Il mio arrivo a Màkari a fine giugno, la prima sera a cena da Marilù per attenuare lo scarto di fuso orario tra il giovane rampante del passato e l'esodato del presente, il gioco di seduzione con la cameriera stagionale dalle gambe troppo belle.

– Come ti chiami?
– Suleima – aveva detto.
– Che nome è?
– Il nome di una farfalla.
– Diamoci del tu.
– Non posso – e col mento Suleima indicava Marilù.
– Fino a che ora non puoi?

- Fino a mezzanotte.
- Allora da mezzanotte puoi chiamarmi Saverio.
- Chissà.

Due ore dopo eravamo già nel mio letto. E Suleima non è più tornata nella camera dell'hotel di Marilù dove abitava dall'inizio della stagione. Ma la stagione sta finendo, e Suleima tornerà a Bassano del Grappa dove abitano quei fricchettoni dei suoi genitori che le hanno dato un nome da farfalla.

Guardo la cassettiera. Pende sempre un po' a destra.

La playlist allinea inutilmente lounge music, mentre la candela si squaglia.

Cerco su google: cassettiera ikea pende destra. Può sembrare assurdo, ma viene sempre fuori qualcosa. Niente, spunta il catalogo completo di Ikea in tutte le lingue, uno che vende mobili su eBay e il libro di Norberto Bobbio *Destra e sinistra* nell'edizione Donzelli.

Mezz'ora dopo mezzanotte. Mi affaccio sul terrazzino. La luna è alta in cielo, quasi piena, splende sul golfo chiuso in fondo da Monte Cofano.

Torno in casa. E faccio una cosa che non si può scrivere, perché denota insicurezza e vanità. Ho letto da qualche parte che si chiama egosurfing, che sta a dire: vediamo se esisto e quanto esisto. Digito il mio nome su google: Saverio Lamanna. Le solite cose: una sfilza di vecchi comunicati del ministero dell'Interno, di quando avevo ancora un lavoro al Viminale. L'articolo velenoso di Marina Tadde, la giornalista del «Messaggero» che aveva raccontato i retroscena del mio licenziamento. Una recensione su «Nazione Indiana» al mio libro, dove se ne diceva bene per spiegare che era il solito romanzetto giallo a sfondo mediterraneo. Ma c'è anche wikipedia. Emozionato quanto Narciso che si specchia nel lago, vado a leggere.

«Saverio Lamanna (Palermo, 1973) è un giornalista e scrittore italiano. Dopo una breve esperienza come cronista a Palermo, si dedica alla comunicazione istituzionale. Collabora all'ufficio stampa del ministero dell'Interno, ma ne viene allontanato per un incidente professionale». E qui la fonte è il famigerato articolo della Tadde. Maledetta.

«Esordisce nella narrativa con il romanzo *Il lato fragile*, che raggiunge per due settimane la novantesima posizione nella classifica delle vendite e che viene giudicato una buona prova della scuola del giallo mediterraneo». E poi? Tutto qui. Quaranta e passa anni di vita risolti in dieci righe, con una mia foto del 2005 che non è nemmeno delle migliori.

A parte il fatto che il libro è arrivato fino alla posizione numero ottantatré, altro che novantesima. A parte il fatto che è rimasto per quattro settimane nella classifica dei primi cento, e per Ibs era tra i primi cinquanta. A parte queste imprecisioni, mi chiedo chi può essersi preso il pensiero di farsi malamente i fatti miei e di passare alcune ore della sua esistenza a tentare di scrivere la mia.

– Wikipedia, sei uno stronzo.
– Con chi ce l'hai?

È Suleima. Annegato nella mia vanità non l'ho sentita arrivare.

– Chi aspettavi? – dice mentre lancia le scarpe di lato e si sfila gonna e maglietta.

– Non aspettavo ti giuro nessuno.

– Diceva così anche Lucio Battisti. Strana atmosfera.

– Ma cosa dici, mia cara?

Mi viene accanto. Le lascio un bacio sull'ombelico.

– Cosa stai leggendo? – si china sul computer.

– La mia pagina wikipedia.

– Stiamo diventando famosi.

– È tutta sbagliata, devo correggerla.

Ma non è semplice rettificare wikipedia vicino a una ragazza mezza nuda. Ancor meno appena siede sulle mie gambe e mi inchioda alla sedia. E tutto questo non finirà certo nella mia biografia.

Quando ci ritroviamo a letto, arruffati di noi stessi, le metto una mano sul cuore. Lo sento battere nel ritmo del respiro ancora affannato.

– Com'è andata al lavoro? – le chiedo.

– Malinconia di fine estate. La gente non vuole alzarsi mai da tavola, teme di spingere il tempo. Per questo ho fatto tardi.

– Nessuno vuole spingere il tempo.

– Ma il tempo spinge noi.

– Suleima Lynch, voglio fare una pagina wikipedia con le tue frasi.

– Sei un cretino.

– Ascolta. Suleima Lynch, nata a Dublino, di padre irlandese e madre friulana, vive immotivatamente a Bassano del Grappa. Laureata in architettura, dopo molte esperienze internazionali, si trasferisce all'estero, in località Màkari, provincia di Trapani, per civilizzare le tribù indigene.

– In effetti avresti bisogno di un po' di civilizzazione.

– Ascolta. Sotto le mentite spoglie di cameriera stagionale, dispensa perle di saggezza agli abitanti del luogo che a lei offrono, in segno di sacrificio e devozione perenne, il figlio migliore della loro terra, il principe Saverio Lamanna. A seguire, le migliori citazioni di Suleima Lynch.

– Lamanna, è ufficiale: sei scemo.

– Dimmelo di nuovo.

– Sei scemo.

– Anche tu mi piaci da impazzire.

3

Suleima dorme ancora, mormora qualcosa, mi avvicino, sento una parola che non capisco, come amore o calore.

Mi alzo dal letto. È presto, si capisce dal taglio del sole che ormai, a fine agosto, comincia già ad addolcirsi. Màkari è silenziosa. Mi affaccio sul terrazzino, il mare è piatto, segnato da chiazze smaltate, un po' di foschia annebbia il profilo di Monte Cofano.

Preparo il caffè.

Accendo il tablet. «Repubblica.it» mi dà il solito conforto mattutino: l'Isis sta conquistando l'Europa, la temperatura globale si è alzata di due gradi in dieci anni, i ghiacciai eterni si sciolgono, i bambini italiani ingrassano, non siamo ancora usciti dalla crisi economica, l'Italia è il paese con la maggiore tassazione dell'Eurozona. Mi consolo con un titolo a metà dell'homepage: le mandorle sgusciate sconfiggono il cancro.

Mail dal mio editore: «Caro Lamanna, lunedì prossimo riapriremo i nostri uffici dopo la pausa estiva. Ti prego di farmi avere il tuo libro in tempo utile per la revisione delle bozze (evitiamo gli affanni dell'ultima volta). Resta inteso che l'anticipo concordato sarà liquidato solo alla consegna del testo completo. Scusa la franchezza, con affetto».

Con affetto. Significa che prima di tre mesi non vedo un euro. Sono ancora fermo al capitolo due.

Gli rispondo: «Ormai mi mancano le ultime pagine. Avrai tutto nei prossimi giorni. Con affetto (un anticipo dell'anticipo, no?)».

Non ho il coraggio di controllare il mio conto corrente. Tre giorni fa mi è apparso il saldo a uno sportello bancomat; un senegalese che vendeva collanine lì vicino mi ha visto impallidire.

– Tu più povero di me, vero? – e rideva.

I soldi del sottosegretario sono quasi finiti.

Ho una fitta di nostalgia per lo stipendio sicuro, accreditato direttamente sul conto corrente. Ho nostalgia per l'ufficio al piano terra del Viminale, con segretaria part-time annessa, due linee telefoniche, commesso in livrea in corridoio, grisaglia Loro Piana d'ordinanza, mocassino Prada, camicia button down Ralph Lauren, cravatta Marinella e tempo da sprecare a conforto di giornalisti atterriti dalla mezza età e dall'inarrestabile declino dell'informazione occidentale. Era un mestiere comodo, offriva grandi opportunità di organizzare apericene all'Enoteca Costantini o alla Zanzara con libere professioniste inquiete under quaranta.

Il sottosegretario era un perfetto cretino. È più facile essere il portavoce di un cretino piuttosto che di uno intelligente: non puoi sbagliare mai. Ma quella volta peccai provando a fargli dire una cosa intelligente.

Era un sabato di giugno, le redazioni deserte, la gente al mare: il cretino aveva partecipato a un convegno sulle droghe, al telefono mi aveva riassunto la sua posizione. Praticamente niente, perché mai aveva un suo pensiero originale. La linea era disturbata, il cretino si stava imbarcando su un aereo per tornare a Roma. Una vertigine di presunzione mi spinse ad attribuirgli un'opinione una volta tanto non banale sulla liberalizzazione delle droghe leggere. Dieci righe di comunicato mandate all'Ansa tanto per giustificare il mio stipendio. Non le avrebbe rilanciate nessuno, sicuro. E già pensavo all'appuntamento serale a Ponte Milvio con una tipa che lavorava all'ufficio legale dell'Eni. Mezz'ora dopo, maledizione a me, qualche genio della redazione di «Repubblica.it», ritenendo di fare lo scoop di giornata, sbatteva il mostro in prima pagina: «Droghe leggere, è scontro nel governo».

Risultato a catena: gran cazziatone del premier al ministro, del ministro al sottosegretario e del sottosegretario a me. Travestito da capro espiatorio, vengo licenziato su due piedi. La serata a Ponte Milvio va a farsi fottere, con tutti gli annessi e connessi di stipendio, ufficio al Viminale, tasmania Loro Piana e movida romana.

Quel giorno, lo sportello bancomat di fronte al ministero mi confidò che avevo novemilasettecento euro sul conto, conservo ancora la ricevuta. Ecco perché scappai da Roma a Màkari: per fronteggiare l'estate, riflettere sulla caducità delle umane cose e affrontare il crollo verticale del mio personalissimo prodotto interno lordo.

Adesso, tra lavori di ordinaria manutenzione nella casa di Màkari, beni di prima necessità, cassettiera Ikea, chiacchiere e tabacchiere di legno, sul conto della Fineco ritrovo meno di tremila euro. E la vita, purtroppo, si annuncia ancora troppo lunga.

L'anticipo per l'altro libro è volato via, non ho capito bene come e perché. Il crimine non paga, la letteratura ancor meno.

Scrivo un'altra mail all'editore: «Andrebbe bene anche un anticipo dell'anticipo dell'anticipo. Fai tu. Sempre con affetto».

Come sa di sale lo pane altrui, diceva quello.

Dall'homepage del «Corriere.it» il papa mi guarda negli occhi e si muove a pietà: «Sarà il giubileo della misericordia». Dovrei mandare una mail pure a lui per chiedere un anticipo di misericordia, magari in banconote da cinquanta.

Il caffè è pronto. Lo bevo in piedi, davanti al golfo di Màkari affogato di foschia.

Attivo dal tablet le mie lezioni di spagnolo.

¡Buenos días!

– Buongiorno, Teresita.

¡Buenos días!

Se non faccio eco ripete la stessa frase all'infinito.

– ¡Buenos días! – dico.

¿Cómo estás?

– Bene. ¿Cómo estás tu, Teresita?

Bien.

Con Teresita – una povera app gratuita, senza infamia e senza lode, con una voce da Teresita, appunto –

abbiamo una tale intesa che nella simbiosi uomo-software ho superato di gran lunga Steve Jobs.

Me gusta tu casa.

– Me gusta tu casa – ripeto.

Guardo la cassettiera che ho finito di montare all'una di notte. Mi piace.

La studio da ogni lato, le giro intorno.

– Pende a destra.

Suleima sbadiglia sulla porta della camera da letto, la mia camicia bianca dischiusa sul seno nudo.

– Cosa pende a destra? – chiedo.

– Si vede. Pende a destra.

Mi allarmo. Su una frase così Pirandello ci ha costruito un romanzo: il protagonista finiva in manicomio.

– Non pende a destra – reagisco, frapponendo il mio corpo tra Suleima e la cassettiera calunniata.

– Come dici tu. È rimasto del caffè?

– Sì, è ancora caldo.

– Però, ammettilo, un po' pende a destra.

Studio la cassettiera. Forse è vero, ma è un nonnulla, manco si vede. La grazia dell'imperfezione, il dentino storto di Laetitia Casta.

– Dipende dal punto di vista – provo a resistere.

– È vero. Se gli dai le spalle non si nota niente – dice mentre allunga il caffè con il latte.

¡Buenos días!

– Oddio, ancora – sbuffa Suleima.

– Sei gelosa?

– No, ma la trovo un poco ripetitiva.

¿Estás nerviosa?

Alzo le braccia, metto su una faccia stupita: io non c'entro.

– Ti sei messo d'accordo con questa qui? – Suleima punta il dito contro il tablet.

– Ti prego, non chiamarla questa qui. Si chiama Teresita.

– Perché tu e lei non andate...

– Ti imploro, non dirlo. Teresita è molto sensibile. *Mucho delicada.*

– Appunto, perché tu e la tua delicata amica non ve ne andate a Formentera a spremere limoni?

– È proprio quello che voglio fare. A Formentera, con quel caldo...

– Lo so, non esistono le granite di limone. Appunto, andate entrambi a quel paese. Lei spreme i limoni e tu vendi granite.

¿Estás nerviosa?

– La spegni o la azzoppo? – sorride Suleima con i baffi di caffellatte.

– Hai un cuore di pietra.

– Vieni qui scemo.

Finiamo sul divano.

Dalla finestra i versi dei gabbiani, le prime voci dalla spiaggia.

Suleima fissa la cassettiera.

– Comincia a piacerti anche se pende a destra, vero? – le solletico un orecchio.

– No, pensavo che mancano solo pochi giorni.

Le poso due dita sulle labbra.

– Non adesso, Suleima, ti prego.

– Non adesso. Hai ragione.

Il telefono vibra, lo sento scuotere da qualche parte, infatti me lo ritrovo sotto la schiena. Guardo lo schermo, mi mollo una manata sulla fronte.

– Chi è? – chiede Suleima.

– Il vicequestore Randone. Da Palermo. È la sesta telefonata in due giorni.

– Prima o poi dovrai rispondere.

Inspiro, espiro. Inspiro, espiro.

– Pronto!

– Lamanna, amico mio, sono Randone.

– Carissimo, che piacere – replico, falso come un mulo catanese.

– Ti cerco da due giorni.

– Sono stato impegnato, periodo complesso come sai, l'Isis, il papa, il giubileo e poi non sapevo che eri tu, non avevo il tuo numero registrato. Come va? Come va?

– Ho letto il tuo libro. Certo, ci faccio la figura del pirla, come dicono a Milano.

– Ma che dici? Tu sei il personaggio chiave.

– Vabbè, però mia moglie ancora aspetta quella raccomandazione al ministero per il trasferimento da Enna a Palermo. Giovanna Curtopelle, ricordi, no?

– Lo sai che non lavoro più al ministero.

– Lamanna, conoscerai pure qualcuno. E poi ora sei uno scrittore famoso, un favore non te lo possono negare. Passati una mano sulla coscienza, una madre che viaggia ogni giorno, il ponte crollato, i pericoli della strada, i bambini in pianto senza mamma.

- Randone, smettila. Cos'è, la cavallina storna che portava colei che non ritorna?
- Fai una telefonata, parla con qualcuno.
- Vediamo, Randone, vediamo che si può fare.

Randone mi perseguita da mesi. Suo fratello era mio compagno di liceo, nemmeno ricordo la faccia, ma a Palermo è grado di separazione sufficientemente ridotto per poter chiedere una raccomandazione. Randone non vuole riconoscere che non conto più niente al Viminale.

- Lamanna, non ti chiamo per questo. Devo proporti un lavoro.
- Un lavoro?
- Un lavoro fatto apposta per te.
- Che lavoro è?
- Lamanna, preparati. Hai vinto un viaggio premio a Venezia.
- A Venezia?
- Vieni domani a Palermo, ne parliamo di persona. C'è da divertirsi e da guadagnare. Che vuoi di più?
- Io niente. Ma tu in cambio che vuoi?
- Lamanna, lo sai, una raccomandazione per mia moglie, trasferimento immediato dalla prefettura di Enna a quella di Palermo. Giovanna Curtopelle: ricordi, no?
- E come posso dimenticare? Domani a Palermo, allora?
- Domani a Palermo.

Il vicequestore Randone mette giù.
Suleima mi interroga con gli occhi.

– Ma che ne so. Si va a Venezia, a quanto pare – ridacchio.
– A fare cosa?
– Granite al limone, si te gusta.
– Tu sei un caso grave, lo sai?
– E pure contagioso.
La blocco sul divano per darle un morso sul collo.

4

Accosto, spengo la radio, apro lo sportello.

Fa caldo. Venerdì di mare. Una teoria di auto muove lenta nella corsia opposta in direzione di Scopello e San Vito Lo Capo.

Ci vorrebbe una sigaretta, ma non fumo da tre mesi.

Decido, cedo alla tentazione. Entro nel bar, vado dritto al banco, ordino una cassatella calda di ricotta.

Cosa avrà mai di speciale la madeleine di Proust? Di fronte alla cassatella calda di Castellammare del Golfo vale quanto un pezzo di pane duro.

Addento la pasta frolla, lo zucchero a velo si spolvera sulla camicia, la ricotta calda sulla lingua, e mi sovvien l'eterno e le morte stagioni e la presente e viva e il suon di lei. In piedi, davanti alla vetrina con le bottiglie di vermouth e di zibibbo, divento monsieur Marcel: le domeniche al mare sulla 128 verde, tutte le scuse di papà per fermarsi al bar, le bambole di mia sorella, quella volta in sei sulla Renault 4 di Guido e quando ci portai Catherine che veniva dalla Scozia e rideva mentre le ripulivo le labbra dallo zucchero a velo.

Ne ordino un'altra, tanto se deve essere acidità di stomaco che lo sia veramente.

– Scusi, lei è il signor Lamanna, vero?

La ricotta calda in bocca mi impedisce di rispondere all'uomo che stringe delicatamente il mio gomito. Annuisco muto.

– Faccia con comodo. Armando, diamo un bicchiere d'acqua al signor Lamanna.

Armando arriva con un bicchiere d'acqua. Riprendo fiato.

Saluti, presentazioni, non capisco il cognome dell'uomo, ma intuisco che è il proprietario del bar.

– Mi avevano detto che nel suo libro si parlava delle nostre cassatelle. Poi l'ho vista in televisione, a Tgs mi pare, e l'ho riconosciuta.

– Lei l'ha letto? – chiedo, tanto per dire una cosa.

– No, io ancora no. Sa com'è, il lavoro, gli impegni.

– Certo, l'Isis, il papa, il giubileo. È un periodo complesso.

– Appunto, vedo che ci capiamo. Però l'ha letto mia figlia, ha detto che è un bel libro.

– Grazie.

– Chi è stato?

– Chi è stato cosa?

– Chi l'ha ammazzato quello lì?

– Se ancora non l'ha letto non voglio toglierle la sorpresa. È un giallo, il finale non si svela.

– Certo. Anche noi abbiamo il nostro segreto per le cassatelle. A proposito, è ospite nostro. Armando, prepara un vassoio per il dottor Lamanna.

Sono diventato dottore nel giro di venti frasi. È proprio vero che l'università non serve più a niente.

– Non deve disturbarsi.

– Ma che disturbo, è un vero piacere. E torni sempre a fermarsi da noi. Armando, a che punto siamo?

Attendo il pacchetto con le dodici cassatelle omaggio da esportazione. Armando ha la faccia seria di un torero prima della corrida: avvolge, incarta e infiocca con l'enfasi del matador, appunto.

Sfoglio il «Giornale di Sicilia». Emergenza immondizia, emergenza acqua, emergenza disoccupazione. Appostosiamo. Con l'hashtag, come scrive il mio amico Giancarlo su twitter: #appostosiamo. Il «Sicilia» andrebbe distribuito nelle scuole come testo di algebra: questa è la terra dei numeri negativi. Meno figli. Meno soldi. Meno lavoro.

Mi appassiono alla storia del muratore di Castelvetrano che ha tappezzato la città con le foto della moglie e del suo amante, peraltro un mezzo parente, con la scritta: fedifrago. Apprezzo la raffinatezza dell'insulto tardo ottocentesco. Ormai solo i carpentieri frequentano certe ricercatezze linguistiche.

– Ecco qui, tutto pronto – Armando mi consegna il pacchetto, tiepido di gratitudine e ricotta. Lancia un'occhiata alla pagina del giornale con la storia del muratore di Castelvetrano.

– Cornuto – sussurra.

I baristi non amano i vocaboli desueti, non quanto i manovali edili. Devo scrivere un libro: *Corna, arti e mestieri. Storia sociale dell'epiteto*. E lo propongo al Mulino. Secondo me lo pubblicano.

5

L'appuntamento con Randone è alle quattro del pomeriggio. Ho il tempo di passare da mio padre, l'ho già avvisato.

Trovo la tavola apparecchiata con il servizio buono.

– Appena ha saputo che arrivavi, Maricchiedda ha voluto fare le cose in grande – dice papà, mentre sistema qualche foglia di lattuga nella gabbia dei canarini.

– Adesso ne hai due? – gli chiedo.

– Avevo il maschio, gli ho preso la femmina. Ma secondo me non gli piace. È un poco pretenzioso.

Lo stereo acceso scarica un assolo di chitarra elettrica.

– Papà, che ascolti?

– Non capisci niente. Jim Morrison and The Doors.

– Da quando sei rocchettaro?

– Vuoi sapere il giorno esatto?

– Mi basta l'era geologica.

– Era il 18 luglio 1970. Allo stadio della Favorita c'era il festival rock. Lì ho incontrato tua madre – fa mio padre, prendendo posto a tavola.

– Avete sempre detto che vi siete incontrati al compleanno di zia Fifì.

– Infatti. Zia Fifì fa il compleanno il 18 luglio. Alle cinque di pomeriggio ci siamo incontrati a casa di zia Fifì, ma tua madre nemmeno l'avevo notata. Tre ore dopo l'ho rivista allo stadio della Favorita, con i capelli sciolti, la gonna a fiori e una camicetta bianca. Un'altra storia. Ed è cominciato tutto.

– Mai saputo.

– Tua madre quella sera era uscita di nascosto dai suoi genitori e per anni abbiamo evitato di raccontarlo, per non dare dispiacere ai tuoi nonni. Poi, sai com'è, abbiamo fatto finta di credere che ci eravamo conosciuti da zia Fifì, pure perché lei ci teneva tanto. Ma non era vero.

– E ascoltavate Jim Morrison.

– Quell'estate dovevamo andare pure all'isola di Wight a vedere il concerto di Jim Morrison. Avevo organizzato tutto, avevamo trovato anche la scusa buona per andar via da Palermo senza dovere dar conto a nessuno. Poi zia Fifì si fece venire la pleurite perforante, sembrava a un passo dalla morte e la cosa sfumò. Risultato: non andammo all'isola di Wight, Morrison morì poco dopo e zia Fifì campa ancora adesso che ha novant'anni. Vuoi le melanzane a cotoletta?

Mangiamo ascoltando *Light my fire*.

I canarini, eccitati dai Doors, assordano la cucina.

– È normale? – chiedo versando nel bicchiere di papà un dito di Lighea freddo.

– Sentono musica e cantano. Che devono fare? È il loro mestiere.

– L'uccello nella gabbia canta per invidia o per rabbia.

– Ma chi sei? Abramo Lincoln? Se la passano meglio di te e di me.
– Se lo dici tu.
– Saverio, questa cosa della libertà è un poco esagerata. Mangiano, bevono, sono al sicuro. Ti pare poco?
– Non ti viene mai il pensiero di lasciarli liberi?
– Non l'hanno mai chiesto. La libertà bisogna pure guadagnarsela.
– Canarini sono, papà, non sono partigiani.
– Questa poi la scrivi?
– No, papà, non la scrivo.
– Avevi detto così anche l'altra volta. E invece.
– Invece cosa?
– Mi hai fatto fare la figura del vecchio.
– Hai settant'anni. Dovevo scrivere che ne hai venticinque?
– Al circolo lo hanno letto tutti e mi ridono dietro.
– Tu l'hai letto?
– E chi ce l'ha il tempo. Lo ha letto Mimì.
– E che dice?
– Che mi hai fatto fare la figura del vecchio.
– Vabbè, vai a riposarti che sparecchio io.
– Vedi che Maricchiedda ha fatto il gelo di melone. È in frigo.
– Grazie.
– Saverio, ti sei offeso?
– No, papà.
– Io invece sì. Non sono così vecchio.
– Hai ragione, papà. Vai a riposare. Io stasera tor-

no a Màkari. Perché non vieni anche tu un giorno di questi?

– Lì va tutto a ròtoli.

– Ho sistemato la casa.

– Da quando non c'è più tua madre, lì va tutto a ròtoli.

Lo vedo andare verso la camera da letto, mentre ripete tra sé che non è così vecchio.

Mia madre non voleva comprare la casa di Màkari, ne avrebbe preferito un'altra, a Cefalù o a Menfi. Mio padre si intestardì, l'affare era stato proposto da un suo collega di lavoro, sembrava vantaggioso. Mamma si lamentava: è lontana dal mare, è troppo piccola, è troppo in alto. Papà incassava le critiche in silenzio, prima di ogni estate carteggiava gli infissi, riparava lo scaldabagno, rinforzava il letto a castello. Vendiamola, diceva mamma. Papà non rispondeva. Carteggiava, dipingeva, riparava. Quando io e mia sorella andammo a passare le nostre estati altrove, trascinati da fidanzate impossibili e progetti Erasmus, papà decise di vendere. Mamma era contraria: si sta così bene, per noi è perfino grande, ha una bella vista, così in alto. Papà non diceva niente. Un giorno chiamò mia madre, lei non rispondeva. La trovò addormentata sulla poltrona in terrazza, il tramonto accendeva di luce Monte Cofano. Mia madre in realtà non dormiva, da allora papà non è mai voluto tornare a Màkari.

Lo stereo si è ammutolito. Jim Morrison è morto. Pure i canarini si sono spenti.

Mio padre torna indietro con la giacca azzurra del pigiama di cotone.

– Non ci vai più a Roma?

– Per il momento no. Forse vado a Venezia.

– Venezia è umida, copriti. Io stasera vado ad Altavilla Milicia con Mimì e sua moglie.

– Altavilla Milicia è in alto, copriti.

– Secondo te sono così vecchio?

– No, papà, non sei vecchio. Ascolti Jim Morrison and The Doors.

– È vero. Scrivilo nel prossimo libro.

– Sì, questo lo scrivo.

6

– Col comodo tuo, mi raccomando.
– Il traffico, sai com'è – allargo le braccia.
– Cammini ancora in auto?
– No, Randone. Ho affittato un mulo, ma c'era la fila al distributore di fave secche.

Sotto gli ombrelloni di Spinnato, in via Principe di Belmonte, la temperatura è di trentasette gradi all'ombra con il settantacinque per cento di umidità.

Granita di limone, subito. Randone ordina un caffè.

– Sono venuto a piedi dalla questura – spiega – dieci minuti di camminata al giorno ti allungano la vita di cinque anni.
– Questa mi manca. Aspetta che me la segno.
– È la verità, sai? L'ho letto su «Polizia Moderna».
– Infatti me la segno. Colleziono perle di saggezza.
– E poi che ci fai?
– Il dizionario del luogocomunismo.
– Tu prima o poi ti rovini per il gusto di una battuta.
– Tranquillo, mi sono già rovinato cercando di fare la persona seria.

Randone sorseggia il caffè, con gli occhi segue il culo di una ragazza che passa. Guardo anch'io, ma con una certa classe, succhiando il cucchiaino freddo di granita.

– E allora? – chiedo.

– Tu sai che io sono stato in servizio a Roma per cinque anni?

– Scusami, ma a Roma ci sono molti monumenti. Forse mi è sfuggito l'obelisco che celebra la tua augusta presenza nella città dei Cesari.

– Cretino. Insomma, quando ero lì ho conosciuto una ragazza.

– Giovanna Curtopelle lo sapeva?

– Lamanna, mi fai andare avanti?

– Chiedevo così, solo per essere preciso quando scriverò la tua biografia.

– Ometti questo dettaglio.

– Promesso – e mi metto pure una mano sul cuore.

– Mah, ci credo poco. Comunque, questa ragazza, che adesso è una donna fatta, sposata e con figli, l'altro giorno mi ha chiamato perché sua sorella, la piccola, ha un problema. Anzi, due problemi.

– La storia si complica – faccio segno al cameriere per un bicchiere d'acqua.

– Appunto. Ascolta: questa qui...

– La sorella piccola...

– La sorella piccola, appunto, ha un pacco di soldi. Il padre è un palazzinaro, ma lei è fissata col cinema.

– Ci va tutte le sere.

– Magari. È fissata col cinema perché vuole fare la produttrice. Prende i soldi del padre e li butta dentro film che non vede mai nessuno.

– Nessuno nessuno?

– Io ne ho visto uno, ma non ci ho capito niente.

– Randone, non è che sei Paolo Sorrentino.

– Te l'assicuro, era un film senza senso. Ma non importa, ognuno i soldi suoi se li sputtana come gli pare.

– Mi piaci quando diventi uno sbirro democratico.

– Adesso ha fatto un nuovo film e, a quanto pare, deve presentarlo alla mostra di Venezia.

– E io che c'entro? Secondo te sono Paolo Sorrentino?

– Ma chi minchia è questo Paolo Sorrentino?

– Randone, ti mancano i fondamentali.

– Lamanna, ascolta. La ragazza ha un malo carattere, ha litigato con tutti, ha licenziato quelli che lavoravano con lei e ora va cercando alla disperata qualcuno che si occupi della sua immagine, tipo un agente stampa, non so come si chiama...

– Ufficio stampa.

– Ecco, ufficio stampa. E così ho pensato a te.

– Randone, io sto al cinema come tu stai all'arma dei carabinieri.

– Ma che te ne fotte? Tu vai a Venezia, tutto spesato, hotel di lusso, ti pagano pure diecimila euro e impapocchi quattro cose.

– Se la metti così...

– Bene, il primo problema è risolto. Ma c'è il secondo problema...

– Mi pareva troppo bello.

– La mia amica...

– La sorella grande...

– Esatto. La mia amica è molto preoccupata per sua sorella. A quanto pare la ragazza sta con uno che ogni tanto alza le mani.
– Perché non lo lascia?
– Si lasciano, si prendono. Ma il fatto è che il tipo manesco è l'attore protagonista del film. In pratica, i due si troveranno assieme a Venezia. Così la mia amica...
– La sorella grande...
– Sì, Lamanna, la sorella grande mi ha pregato di trovare qualcuno che protégga la sorella piccola. E ho pensato a te.
– Mi hai scambiato per un buttafuori da discoteca?
– Non offenderti. Sei uno sveglio, conosci tanta gente, basta che tieni gli occhi aperti, marchi stretta la ragazza ed eviti che il figlio di buttana si avvicini troppo. Per questo lavoro extra la mia amica ti darebbe altri cinquemila euro, a patto però che resti una cosa inter nos.
– Diecimila dalla sorella piccola e cinquemila dalla sorella grande?
– Lamanna, in matematica sei un portento.
– Devo riflettere.
– Rifletti.
– Ho riflettuto. Randone, ti bacio le mani e ti chiamo papà. Una domanda: perché hai chiamato me?
– Io faccio un piacere a te, tu ne fai uno a me. Sei disoccupato? Ora hai un lavoro. Io invece ho una moglie, Giovanna Curtopelle, ricordi? Chiami un amico al Viminale, trovi una raccomandazione per farla trasferire a Palermo, salvi una famiglia e fai felici due bambini.

– Non so perché ma mi suona come una specie di ricatto.

– Saverio, non dire cazzate. Si chiamano piaceri reciproci. E tutti restiamo contenti. Ci guadagni tu, ci guadagno io. E poi tu sei un amico, mi tieni informato su quanto succede a Venezia: se c'è un problema faccio intervenire il mio collega della mobile che è un palermitano. Vedi? Chi trova un amico trova un tesoro.

– Questa l'ho già sentita. Ma me la segno lo stesso.

– Lamanna, sei un vero cretino. Ma ora mi vuoi spiegare chi minchia è 'sto Paolo Sorrentino?

7

È bello quando è così. La luna bassa sul mare, la strada chiara, i fari a spazzare la notte.

Un messaggio. Suleima.

– Torni o scappo col primo che passa?
– E se il primo sono io? – rispondo.
– Scappo col secondo.
– Che paura! Torno di corsa.
– Bravo. Non accettare caramelle dalle sconosciute. Kiss.
– A stanotte. Bacio.

È bello quand'è così. La radio su Radio Dimensione Suono, i pensieri che vanno da soli. Penso alla casa di Màkari rimessa a posto con le mie mani, un cerotto sull'indice sinistro e un callo sul palmo mi ricordano un po' della fatica. Grattare, pulire, avvitare, stringere. Sono diventato mio padre: carteggiare, dipingere, riparare. La casa riprende vita, la cassettiera si regge in piedi, pure se pende un poco a destra, ma è solo un nonnulla, l'imperfezione che la fa unica e mia.

Penso al mio ritorno in Sicilia, rifugiato nella casa delle estati bambine. Penso al mio conto corrente, ai quindicimila euro della sorella maggiore e di quella minore. Penso ancora a Suleima che tra meno di sette giorni lascia la Sicilia, si toglie per sempre il grembiule nero e riporta le sue gambe, le sue mani e le sue labbra, comprensive di neo all'attaccatura, in qualche città nebbiosa del Nord Italia.

Così pensando, la luna mi accompagna fino a Màkari.

La frequenza di Rds slitta sulle interferenze di una radio locale, smozzica parole e note di una canzone che l'inganno della memoria associa a un vestito verde acqua di mia madre.

E ritorna un'altra estate
ricomincia un altro amore
sul tuo viso da inventare
carezze da rubare
e da restituire.

Provo a ritrovare Radio Dimensione Suono, ma spunta la nenia di una radio tunisina. Smanetto ancora senza riuscire a centrare l'onda giusta.

Quando ritrovi l'amore
puoi anche commuoverti
è come un amico lontano
che viene a riprenderti.

Sarà che a me il pop fa uno strano effetto, ma mi assale tanta voglia di Suleima. Vado avanti fino all'ingresso del ristorante di Marilù, lascio l'auto nel parcheggio, faccio la mia entrata trionfale nella terrazza sul mare.

Tutti i tavoli occupati. Nessuno si accorge del mio arrivo.

Cerco Suleima con gli occhi, è laggiù che scherza con un biondo abbronzatissimo a capo di una tavolata di dieci persone. Mi è subito antipatico.

– Saverio, sei arrivato al momento sbagliato.

Marilù esce dalle cucine con un vassoio di fritto di paranza per dodici persone.

– Niente, passavo da qui. Solo un saluto.

– Stasera c'è il vivamaria, chi la vuole cotta e chi la vuole cruda.

– Lo vedo.

– Saverio, non farmi perdere tempo.

– Almeno un bicchiere di vino.

– Non si nega a nessuno. Vai in cucina, vedi cosa trovi. Ma non essere molesto.

Il cuoco giapponese di Marilù mi versa un bicchiere di inzolia, nell'infuriare di comande trova il tempo per far scivolare sul bancone un piatto di anelletti al forno.

– Grazie Ken – dico.

– Ragù con sugo di pomodori coltivati da me.

– Si sente.

Ken ha scoperto l'agricoltura siciliana del chilometro zero a diecimila chilometri da casa sua. Ha un orto a Màkari, quando è spuntata la prima zucchina d'acqua ha sparato in aria tre botti di fuochi d'artificio.

Le porte si spalancano. Si affaccia Suleima.

– Due anelletti, un sarago e un biancomangiare. Saverio, che fai qui?

– Marilù mi ha messo in castigo.

– Non è serata di chiacchiere. Abbiamo la terrazza piena di gente, sono arrivati tutti assieme. Chi la vuole cotta.

– E chi la vuole cruda. Ho saputo.

Mi regala un bacio veloce.

– Mi piaci – le sussurro mentre aspetta i piatti da portare in sala.

– Saverio, non importunare Suleima – mi rimprovera Marilù, consegnando le comande a Ken – una spatola, due anelletti, un sarago, due caponate.

– Mi fate sentire fuori posto – protesto.

– Sei fuori posto – rincara Suleima.

In terrazza, col mio bicchiere di inzolia, trovo riparo su un divano.

Da qui seguo Suleima che passa da un tavolo all'altro. Il biondo abbronzatissimo fa lo scemo, le studia il culo con insistenza. In questi momenti vorrei essere un siciliano con baffetti, brillantina e coltello a serramanico. Ma mi manca le physique du rôle.

– Stai attento, ti mando a ripulire la piscina – dice Marilù minacciosa, tra le mani un trionfo di insalata di polpo.

Ero ragazzino quando Marilù aprì il suo albergo-ristorante a Màkari. Tutti a dire che era pazza, perché a Cefalù o a Taormina poteva avere senso, ma un hotel a Màkari o San Vito Lo Capo era follia, tanto turisti non ne sarebbero mai venuti. Marilù era giovanissima, ma caparbia, non mollò. Appena scoppiò il boom turistico, tutti a dire che non ci voleva molto a capirlo, con quel mare e quella spiaggia era chiaro che prima o poi qualcosa sarebbe successo, ma ci volevano soldi, Marilù li aveva, non c'era gran merito a saper prevedere le cose se c'è il denaro che, poi si sa, produce altro denaro.

Marilù in realtà aveva cominciato senza tanti soldi, ma i paesani non volevano crederci. A me poco interessava l'aspetto finanziario, certo non quanto le straniere in topless sdraiate a bordo piscina. Col mio amico Gregorio che ora vive a Buffalo andavamo a spiare le minne delle turiste, nascosti dietro la siepe. Un giorno Marilù ci scoprì, minacciò di svelare ai nostri genitori l'abisso di turpitudine morbosa nel quale ci voltolavamo. Fummo costretti a ripulire la piscina per tre giorni all'alba, in cambio del suo silenzio. Ancora adesso, se mi comporto male, strizza l'occhio e si fa intimidatoria:

– Saverio, attento, ti spedisco a pulire la piscina.

Marilù aveva detto la stessa cosa due mesi fa quando – disoccupato di recente nomina, sfiduciato sulla tenuta democratica delle istituzioni repubblicane, inquieto per le magnifiche sorti e progressive del mio conto in banca – avevo pensato di trovare conforto nel cous cous di pesce. Più che il dolor poté il digiuno. Ma ancor di più, quella sera, poté il tubino nero sulle gambe abbronzate di Suleima, lo stesso tubino che indossa stasera.

– Molto carina. È la sua ragazza?
– Chi?
– La cameriera. Ha da accendere? – chiede una con

il taglio di capelli di Sharon Stone, l'età di Sharon Stone e più o meno lo stesso stacco di coscia.

– Credo di avere un accendino. Non fumo da tre mesi, sa. Ha una sigaretta?

– Mezzo toscano, ne vuole uno?

– Perché no?

Sharon Stone siede accanto sul divano. Accendiamo i toscani.

– Non sono molte le donne che fumano il sigaro – dico, tanto per rompere il silenzio.

– Non è un sigaro. È un toscano. Non è la stessa cosa.

– Non sono molte le donne che fumano il toscano.

– È sempre una scusa buona per allontanarsi da un tavolo noioso e fare nuove amicizie.

Sharon Stone ci sta provando?

– Non mi ha risposto. È la sua ragazza? – chiede.

– Si vede molto?

– Non ha fatto altro che guardarla. Si capisce che tra voi c'è qualcosa.

– Non so bene cosa, ma qualcosa c'è.

– A occhio mi sembra innamorato – dice sbuffando fumo denso.

– Si guarisce?

– Io sono guarita molte volte.

– E in questo momento?

– Mi piacerebbe ammalarmi di nuovo.

Ci sta provando.

Qualcuno la richiama a gesti dal tavolo, è arrivato il dessert.

– Torno al mio posto – fa e schiaccia il toscano nel posacenere – se qualche altra volta vuole fumare con me ripassi da qui prima di domenica prossima.
– Il fumo rovina la salute.
– Lei sembra già abbastanza malato.
Ritorna al tavolo esibendo una schiena fiera di essere ammirata.
Piomba Suleima e mi strappa dalle mani il bicchiere con l'ultimo dito di inzolia.
– Saverio, se non smetti di fare il toy boy ti scanno con l'apribottiglie.
– È una personcina così ammodo.
– Molto ammodo. Si è già fatta l'aiuto cuoco e il giardiniere.
– Forse vuole provare un'esperienza più intellettuale.
– Torna a casa prima che ti faccio provare l'esperienza estrema dell'omicidio passionale.
– Mi piaci così focosa.
– Tu invece mi piaci così minchione come sei.

8

Risalgo a Màkari.
I fari dell'auto sorprendono due ombre sedute sullo scalino di casa.
Il cuore a tamburo nel petto.
Mi fermo, spengo il motore.
Le due ombre si alzano, si avvicinano all'auto. Ora mi ammazzano, penso.
Perché dovrebbero ammazzarmi? Non si sa. Siamo in Sicilia.

Quando hanno sparato a Mauro Rostagno mica sapeva perché lo ammazzavano. E non lo sapeva Piersanti Mattarella, nemmeno Pio La Torre lo sapeva. Se hai la pistola puntata addosso non è che pensi: mi stanno ammazzando perché giovedì scorso ho incontrato uno davanti alla Conad. Ti ammazzano e basta. Immagino i titoli sui giornali, le prime ipotesi, l'autopsia, i funerali, si scava nella vita della vittima, le troupe di Corrado Formigli e di Barbara D'Urso, il collegamento del pomeriggio con la «Vita in diretta» e dieci anni dopo, quando tutti si sono dimenticati di me, la Cassazione stabilisce che il movente è incerto, frutto di una micidiale concomitanza di cause. Micidiale.

Un'ombra apre lo sportello. Mi preparo ai colpi, bum bum, la mia foto in prima pagina col cervello spappolato sul poggiatesta.

– Perché proprio io?
– Saverio, sei scimunito? – fa Piccionello.

Metto in piedi un sorriso da ebete.

– Sì, Peppe, un poco.
– Non mi far fare brutta figura – mi sussurra all'orecchio – mio compare Stefano Aiello ti aspetta da due ore.
– Ti avevo detto che dovevo pensarci – sussurro di rimando.
– Che hai lì dentro? – Piccionello indica il vassoio infiocchettato.
– Cassatelle alla ricotta.
– Calde?
– Erano calde stamattina.
– Peccato.
– Non sono per te.
– Sei sempre troppo gentile.

Scendo dall'auto, Aiello è rimasto qualche passo indietro.

– Mi hai fatto venire un infarto – scherzo con Peppe Piccionello, ma lo spavento me lo sono preso per davvero.

– Io?
– Ma è modo di stare al buio, di notte?
– No, in effetti; di notte è meglio stare al sole.

Gli spiaccicherei in faccia tutte le cassatelle. Quasi quasi lo faccio, almeno mi passa la paura.

– Stefano Aiello, ecco il grande scrittore Saverio Lamanna. Non pare, ma è intelligente. Ha risolto più di un caso, anche di omicidio – dice Piccionello.

– Esagera sempre. Piacere.

– Piacere mio – dice Stefano Aiello.

Gli viene fuori una voce impacciata, fina fina, dentro un corpaccione grande così, una testa da statua greca e riccioli di capelli bianchi.

Entriamo in casa.

Peppe Piccionello va in bagno, Aiello resta in piedi, a fatica lo convinco ad accomodarsi sul divano. Mi siedo di fronte. Non sappiamo cosa dire. Sentiamo lo sciacquone dall'altra stanza. Sorridiamo.

– Vuole una cassatella? – chiedo ad Aiello.

– No, grazie, ho la gastrite.

Peppe Piccionello rientra col suo comodo, si ferma a leggere qualcosa sul tavolo, prende il post it, me lo allunga con un ghigno.

La scrittura di Suleima.

«Ho voglia di scoparti».

Metto il biglietto in tasca.

– E siamo qua – commento.

– Pende un poco a destra – fa Piccionello indicando la cassettiera.

– Lo so. Mi piace così – dico – allora?

– Stefano, puoi parlare – dice Piccionello con un gesto del mento.

Aiello si muove sul divano, passa un dito dentro il colletto della camicia.

– Da dove comincio? – chiede.

– Piccionello mi ha detto che suo figlio è scomparso – vado dritto al punto, sennò facciamo nottata – da quanto tempo?

– Un mese e mezzo.

– Quanti anni ha?

– Diciannove.

A domanda risponde, con voce sottile. Ogni informazione strappata con le tenaglie. Dopo due ore, ne so qualcosa di più. Il ragazzo è mezzo artista, di studiare non ne vuole manco a brodo, ma ha le sue giuste ambizioni, soprattutto da quando è andato a «Uomini e donne» di Maria De Filippi. Gli hanno montato la testa, di sicuro le cattive amicizie perché lui di suo è buono – che in Sicilia significa fesso – voglia di salire sul peschereccio di famiglia manco sparato, e ci credo bene.

Un mese e mezzo fa, dopo una litigata col padre al largo di Triscina, il ragazzo ha preso a pedate le cassette di sardelle, aguglie e paolotti, ha ributtato in mare venti chili di gamberi, ha tirato un pugno al macchinista tunisino del peschereccio. Arrivato in porto, senza passare da casa, è andato dritto alla fermata dell'autobus per Palermo, dove lo ha visto una cugina di secondo grado. Da allora, più niente. Il numero del telefonino è disattivato, lui non ha chiamato nemmeno la mamma che non trova pace né giorno né notte. Si può capire la disperazione di una mamma, perdere così l'unico figlio.

– Avete presentato denuncia di scomparsa? – domando.

– No, Mazara è particolare.

– Particolare?
– Non vogliamo fare sparlare la gente.
– Capisco. Avete chiesto ad amici, parenti? Magari qualcuno che abita fuori?
– Sì, abbiamo chiesto. Dicono che non sanno niente.
– Mi deve dire qualche altra cosa?
Aiello si irrigidisce.
– Cosa?
– Non lo so. Avete litigato sul peschereccio, lo ha detto lei.
– Sì, perché quel lavoro non gli piace.
– Solo per questo, dunque.
– Forse ho sbagliato. L'ho costretto a salire a bordo – Aiello si passa una mano sul petto.
– Non era mai salito?
– Quand'era bambino, ma così, per divertimento. Quando è tornato da Roma non voleva fare più niente. Una mattina l'ho svegliato alle due e me lo sono portato sul peschereccio. È stata l'ultima volta che è salito a bordo. E pure l'ultima volta che l'abbiamo visto.

La voce sottile si rompe di pianto.

Sono a disagio, non so che fare. Per fortuna interviene Peppe Piccionello per confortarlo. Con una cassatella in mano. Gran pezzo di disonorato: ha aperto il pacchetto alle mie spalle.

Aspetto che Aiello si riprenda. Per aiutarlo Peppe gli offre la cassatella. Aiello, malgrado la gastrite, accetta.

– Vedrò cosa posso fare, ma non è semplice – spiego nell'accompagnare Aiello alla porta – suo figlio è maggiorenne, ha tutta la libertà di allontanarsi dalla famiglia.

– Ma così, senza dare più notizie? – Aiello mi stringe la mano tra le sue.

– Non sarà bello, ma dal punto di vista legale può farlo.

– Ma non c'è una legge che protegge un padre, una madre?

– No, non c'è.

– L'Italia è veramente un paese da terzo mondo.

– Vero è – taglio corto, questa me la segno pure.

– Ma per trovare un figlio cosa deve fare un cristiano? Andare in televisione, sputtanarsi davanti a tutti? Signor Lamanna, mi dia una mano d'aiuto.

Esce e scompare nel buio, verso un furgoncino bianco.

Richiudo la porta, mi volto di scatto. Come immaginavo: Peppe Piccionello sta mangiando un'altra cassatella. Gli strappo da davanti il vassoio ormai mutilato.

– Meno male che non erano calde – faccio – sennò te le mangiavi tutte.

– Saverio, si è fatto tardi e non ho cenato – si giustifica.

– Il tuo amico non me la conta tutta.

– In ogni famiglia c'è sempre un segreto.

– Minchia, parole severe.

– L'ho sentita alla radio.

Cerco di spingere Piccionello fuori di casa. Una fatica, vuole chiacchierare, stanotte gli prende così. Ma voglio essere solo quando, a mezzanotte, tornerà Suleima, finito il turno nel ristorante di Marilù.

– Buonanotte, Peppe. Ci vediamo domani mattina.

– Se ci arrivi. La tua fidanzata ha intenzioni pericolose.

Metto la faccia seria.

– Ti sei offeso? – fa Piccionello.

– No, Peppe. Ho pensato una cosa. Ma tu un paio di pantaloni lunghi ce l'hai?

– Che c'entra?

– Rispondimi.

– Ne ho due. Uno blu e l'altro beige.

– Bravo, uno te lo metti e l'altro lo infili in valigia.

– Quale valigia? Non devo partire.

– Invece parti. Con me. Ti spiego tutto domani.

Non gli do il tempo di rispondere o di chiedere, lo caccio fuori.

Finalmente solo. Assaggio una cassatella. Immagino l'ombra di Suleima che risale a piedi verso casa nella notte di luna. Immagino già il suo sorriso.

È mezzanotte. Sento i passi fuori dalla porta. Eccola.

9

Da tanto tempo non sentivo i grilli. Mi ricordano la campagna dei nonni, sperduta nella Sicilia interna dove andammo solo una volta, per la trebbiatura del frumento. Canto di grilli vicini e lamenti di cani lontani sotto una luna bianca bianca. Uscii a piedi nudi sul balcone della vecchia casa, nella notte si proiettava la mia ombra sul muro. Mi terrorizzai ché mi sembrò cosa di malaugurio. Ancora oggi, ogni tanto, di notte, sbircio alle mie spalle temendo di scoprire un profilo di malasorte.

– Non dormi? – chiede Suleima.
– No, faccio finta.
– Cosa pensi?
– Fesserie. La luna, le ombre.
– Lo senti? È un grillo.
– Sì, non ne sentivo da tempo.
– È un grillo triste.
– Tu dici? A me non pare.
– No, è triste. Si capisce. E tu?
– Io cosa?
– Sei triste?
– Il giusto.
– Il giusto. Che risposta è, Saverio?

– Se sono triste cambia qualcosa?

– Per me sì. Io sono triste, non è mica una vergogna.

– Ma se manco volevi venirci.

– È vero, non volevo venirci. Non ero mai stata in Sicilia.

– Pensavi che giravamo tutti con la coppola, il gilè di fustagno e la lupara?

– No, mi sembrava lontanissima. Quando la mia amica mi ha detto che c'era un lavoro per l'estate in Sicilia pensavo di dover venire in Africa.

– Sono felice che non alimenti i soliti pregiudizi settentrionali.

– Cretino. Lo sai che ho lavorato in mezzo mondo, un'estate sono andata fino a Zanzibar.

– Ma a Zanzibar non ci sono ciclopi, qui invece sì – e mi tappo un occhio con la mano.

Ride.

– Sono preoccupata, Saverio. Sei stupido, ma mi piaci per questo. Sarà una forma di perversione?

– Tu donna bianca, razza Piave, io uomo di caverne. You Jane, me Tarzan.

Si solleva un poco sul letto, la testa appoggiata sul braccio.

– Ora mi dispiace dover andare via.

– Eppur bisogna andare. Il tuo master bolognese ti aspetta.

– E se resto qui?

– A fare la cameriera? Con una laurea in architettura, inglese fluente, esperienze internazionali e un master in urbanistica?

62

– Non sarei la prima né l'ultima.
– Per carità. Se lo scopre il «Corriere della Sera» ci scrive un articolo di mezza pagina: l'architetto che progetta il cous cous. Non voglio vederti ridotta così, sulle colonne del glorioso quotidiano di via Solferino. Prima dovranno passare sul mio corpo.
– Se intanto ci passo sopra io ti dispiace?

Il grillo ha smesso di cantare. Forse era veramente triste e ora si è rassegnato.

– Com'è andata a Palermo? – chiede Suleima, il respiro ancora in affanno, sulla pelle perline di sudore.
– Ho trovato un lavoro.
– Bene, sei contento?
– Abbastanza. Devo andare a Venezia.
– Quando?
– Domani.
– Domani?
– Sì, la Mostra del Cinema comincia fra due giorni.
– E tu che c'entri?
– Non lo so. Mi hanno tirato in mezzo.
– Ho capito. Buon viaggio – sento che si irrigidisce.
– Lo so Suleima. Ti avevo promesso che avremmo passato una settimana assieme, in vacanza io e te, prima della tua partenza, ma pagano bene.
– Non devi scusarti.
– Non mi scuso, sto spiegando.
– Saverio, ti conosco.
– Cosa vuoi dire?
– Hai fatto di tutto per partire prima di me. Scappi sempre.

– Non scappo, vado a lavorare.

– Al festival di Venezia? Hai scoperto d'improvviso il tuo lato artistico? Pur di scappare avresti accettato di lavorare perfino al circo Barnum.

– Dai Suleima, cerca di ragionare.

– Meglio così, Saverio, accorciamo il momento dei saluti e degli addii. Siamo stati bene assieme, lascio le chiavi di casa a Piccionello.

– Peppe viene con me.

– Allora le lascio a Marilù. Grazie dell'ospitalità.

– Suleima, torno fra qualche giorno.

– Io tra qualche giorno sono già altrove. Tranquillo, ogni tanto distrattamente penserò a te.

Il grillo tace, sopraffatto di tristezza.

10

– Ciao Marietto, ciao a tutti, mi chiamo Marco.
– Ciao Marco, sei in diretta.
– Voglio torna' a discute de la questione de la formazzione. Pure se ci abbiamo 'na squadra forte, però conta il risultato, la classifica. Che poi, a volerla dire tutta, questa cosa nell'altro campionato l'abbiamo sbagliata, perché se uno sottovaluta l'avversario, punta tutto sul centrocampo, sull'attacco, poi succede che la difesa resta sguarnita.
– Grazie Marco. Come sai non ci ho voglia de torna' a parlare de l'articolo del Corieredelosport, qui a Radio Centro Suono Sport abbiamo discusso fin troppo. Però Marco dice 'na cosa giusta su la questione de la formazzione che infatti è spunto di riflessione...
La radio del tassista non tace mai. Neppure il tassista tace mai.
– Facciamo l'Aurelia o la Magliana?
Peppe Piccionello fa rimbalzare la domanda su di me.
– Come vuole lei – smozzico.
– No, perché sulla Magliana ci sono i semafori, però sul raccordo non sai mai cosa può succedere, sulla Pisana a quest'ora c'è traffico, ma non ci va nessuno in

vacanza mi chiedo io. A ferragosto c'era traffico, deve essere la crisi, soldi non ce ne sono più, tutti restano a Roma. Il sindaco ha chiuso tutte le strade, non so come la pensate voi, ha chiuso i Fori Imperiali, ha chiuso il Tridente, ha chiuso li mortacci che se lo portano. Guarda 'sto cretino: fa marcia indietro, ma vedi di anna' a farti fottere, ma chi te l'ha data la patente, è una donna infatti, ce potevo scommette...

Metto gli auricolari del tablet per non sentire il tassista, per non sentire la sua radio, per non sentire Marione e la questione de la formazzione. È Roma, baby, e non puoi farci niente. Accendo Teresita, almeno una voce amica.

¿Cómo te sientes?

Triste mi sento.

¿Cómo te sientes?

Cómo te sientes quando sbatti contro un muro di ostilità? Cómo te sientes quando dicono che sei un egoista, che pensi solo a te, che stai buttando via gli ultimi giorni di un'estate breve da vivere assieme? Come ti senti quando sai che forse è vero?

Lo siento.

Lo siento pure io, Teresita. Hai voglia di spiegare che i soldi sono importanti. Hai voglia di spiegare che un lavoro è importante. Hai voglia di farti capire.

Hai voglia, in realtà, di restare a Màkari, aspettare la fine di agosto, fare ogni notte l'amore con Suleima, piangere sulle sue valigie, fare promesse e chiudere in bellezza un pezzo di vita.

Dovevo restare lì, penso, mentre passiamo sul ponte della Magliana, mentre Marione dice la signora in giallorosso, mentre il tassista chiacchiera fitto con Peppe Piccionello. Dovevo restare a Màkari, aspettare che Suleima partisse dalla Sicilia, condividere con lei ogni minuto, vedere scomparire la sua auto dietro il curvone, struggermi per qualche settimana disteso sul letto, fissando il soffitto, a crogiolarmi di malinconia mentre, là fuori, agosto si faceva settembre.

Sono partito io, invece. Prima dei saluti, dei pianti, delle solite frasi da dire all'orecchio nel silenzio della notte: comunque vada, valeva la pena di viverlo questo tempo con te.

Sono partito prima io, è imperdonabile, lo capisco bene. Non è vero che partire è un po' morire. Semmai, restare è un po' morire. La pena è sempre per chi rimane.

¿Dónde está su casa?

Adesso ti ci porto, Teresita.

L'arrivo in centro entusiasma il tassista che trova una buona parola per tutti. Infami i giapponesi che attraversano in gruppo piazza Venezia, coglioni i vigili urbani all'angolo di via del Plebiscito, testa di cazzo l'autista del bus che rallenta al semaforo, stronzi i senegalesi che vendono false Gucci, figli di mignotta gli autisti delle berline blu, froci i preti in uscita dall'università Gregoriana. Finalmente si ferma, allarga le braccia.

– Io vi lascio qui, per colpa del sindaco non posso andare avanti – e giù un complimentone al primo cittadino.

Pago con la riposta speranza di non incontrarlo mai più.

Peppe Piccionello, pantaloni lunghi blu, infradito havaianas e maglietta con la scritta sul petto «Siciliano sugnu», si porta dietro una sacca della Polisportiva Virtus Alcamo con l'allegria e lo stupore di chi sbarca a Roma per la prima volta.

Per Peppe è il giorno dei debutti.

In volo da Palermo a Roma mi ha confessato che era il suo primo viaggio in aereo.

Non riuscivo a credere che nell'occidente del terziario avanzato, nell'Europa post-industrializzata, a un quarto di secolo dalla caduta del muro di Berlino, in un mondo che se ne stracatafotte se in Vaticano c'è un papa pensionato, potesse esserci ancora qualcuno che a cinquantacinque e passa anni non era mai salito su un aereo. Per l'euforia ho fotografato Peppe Piccionello accanto alla hostess e l'ho postato su facebook.

Ma tutto passa, perfino il mio momentaneo buonumore. Alla pagina 22 di «Ling», il magazine di bordo della Vueling, ho avuto un repentino tracollo psicologico. Un articolo di Alberto G. Palomo, in spagnolo con testo a fronte in inglese, svelava al mondo iberico il mistero chiuso in me: «Ni helado ni granizado: granita». G. Palomo spiegava all'inclita e al colto: «La granita se hace como un helado, en la misma máquina, pero con más hielo. Con fruta, no con sirope. Por eso queda una especie de granizado cremoso».

Così percossa, attonita, la terra al nunzio sta. Versando lacrime amare sulle pagine di «Ling», cercavo di calcolare quante persone viaggiano con Vueling ogni anno su e giù per Formentera sfogliando la rivista di bordo posta nella tasca del sedile: provavo la medesima sofferenza di Meucci quando scoprì che Bell gli aveva fregato l'idea del telefono. Fino a pochi minuti prima dell'amara scoperta ero l'unico al mondo a voler vendere granite a Formentera, da oggi è un'idea che non vale due lire.

In verità, l'illuminazione era venuta qualche anno fa alla mia amica Maria Antonietta: a Formentera, col caldo che fa, con tutti gli italiani in vacanza, non esiste la granita siciliana. Quando Maria Antonietta ha trovato un impiego sicuro, mi ha lasciato in eredità il progetto: un chiosco sulla playa di Migjorn, tutto il giorno in bermuda, quattro mesi di lavoro all'anno, ragazze in costume, tramonti e granite di mandorla. Era una grande idea, bruciata in quaranta righe da Alberto G. Palomo.

Peppe già al decollo aveva preso a russare nel sonno, incurante del suo primo volo, della mia pena, delle turbolenze e delle Pringles in vendita a tre euro e cinquanta.

Ma appena arrivati a Roma, nella faccia da poker di Peppe Piccionello si è accesa una lampada di meraviglia.

Sbuchiamo nella piazza della fontana di Trevi che, se non sbaglio, deve essere ancora là, dietro la calca di turisti polacchi, lituani, cinesi, russi e abruzzesi.

Tiro via per un braccio Peppe Piccionello.

– Te la faccio vedere stanotte, che è più bella – gli dico.

Risaliamo a piedi i tre piani di scale di casa mia.

– Non c'è ascensore? – sbuffa Piccionello.

– Nel Seicento non li avevano ancora collaudati.

Apro la porta, odore di chiuso.

– Ecco, siamo arrivati.

Piccionello lascia cadere a terra la sacca Polisportiva Virtus Alcamo, si guarda attorno mentre apro le persiane.

– È piccola, tu stanotte dormi sul divano

– Dormire? Saverio, ma sei rincoglionito. È la prima volta che vengo a Roma e tu vuoi farmi dormire?

Ho capito. Prepariamoci alla nottata. Me la merito: mai ospitare un siciliano a Roma, diventa subito un personaggio di Brancati.

11

– Prego, seguitemi, accomodatevi qui. Nell'attesa gradite un caffè, un'aranciata, un ginseng?
– L'ultima che ha detto – fa Piccionello alla ragazza bionda su tacco dodici che le slancia caviglia, polpaccio e tutto quanto il resto.
– Ginseng lungo o corto?
– Che dici, Saverio?
– Corto.
La ragazza riparte sui tacchi, portandosi dietro i nostri occhi.
– Saverio.
– Dimmi Peppe.
– Che minchia è il ginseng?
– Un caffè cattivo.
– Perché non mi hai fermato?
– Era un peccato, ti ho visto entusiasta.
Torna la ragazza, con i tacchi di prima, il vassoio con le tazzine di ginseng e la camicetta sbottonata sul seno in offerta comoda e gratuita.
– Ancora pochi minuti, la dottoressa sta concludendo una riunione – dice la bionda prima di lasciarci soli.

Aspetto di vedere la faccia di Piccionello appena assaggia il ginseng.

Un sorso, due sorsi. Il disonesto non vuole darmi soddisfazione.

– Però, non è male – commenta.
– Come ti pare?
– Pare brodo di polpo.
– Se controlli bene ci trovi un tentacolo.

Guardo il telefonino. Niente.

– Ha scritto? – chiede Peppe.
– Chi?
– Suleima. Ha scritto?
– Ma cosa deve scrivere?
– Si vede che è impegnata. Prima di partire c'è sempre molto da fare.
– Peppe, un carrettino di cazzi tuoi te li faresti?
– Mi dispiace, parte per sempre e non tornerà mai più.
– Peppe, un container di cazzi tuoi sei capace di farteli?
– Come hai detto che si chiama questo brodo di polpo?
– Ginseng.
– Ginseng. Appena torno al bar di Màkari lo chiedo. Ginseng corto. Il tuo non lo bevi?
– A me fa schifo il ginseng.
– Non ti dispiace allora?

E beve anche il mio.

Il rumore del traffico di piazza Mazzini supera i doppi vetri della finestra.

Peppe Piccionello batte con le nocche sul tavolo di vetro, si abbassa a studiarne il bordo, ne misura lo spessore.

– Cose di lusso.

– Già, di gran lusso.

– Questo che significa? – punta il dito sul quadro grande quanto tutta la parete.

– Arte.

– A me pare una scimmia a testa in giù.

– E infatti è una scimmia a testa in giù. Arte contemporanea.

– Ho capito – fa Piccionello, mentre si accosta al quadro – la scimmia a testa in su è classica, a testa in giù è contemporanea.

Si apre la porta scorrevole. Spunta una in jeans, maglietta nera, All Star slacciate e l'aria di chi ha studiato negli States. Ha almeno dieci anni meno di me.

– Vi piace? Si intitola *Monkey Down*. È coreana – dice.

– La scimmia? – chiede Piccionello.

– L'artista. È giovanissima, una promessa, forse la vedremo anche al Maxxi qui a Roma, ma solo il prossimo anno, in Italia si sa arriviamo sempre tardi. L'ho scoperta nella galleria di un'amica a Notting Hill. Lei è appassionato di arte contemporanea?

– Proprio appassionato no – fa Piccionello con faccia seria – ma una volta mi imbarcai su una nave che trasportava scimmie.

Ora questa si incazza e ci butta fuori a pedate in culo: addio sorella minore e maggiore, addio quindicimila euro.

Guardo Piccionello, guardo il quadro, guardo la faccia della ragazza con master all'estero. E lei che fa?

Scoppia a ridere. Ma una risata che uno dice: meno male che esistono donne capaci di ridere così.

– Non mi sono ancora presentata: Gea De Simone.

Strette di mano, volete un ginseng, no grazie, già fatto, preferisco vivere, spuntano altri due, un uomo e una donna, più o meno coetanei di Gea, lui visibilmente gay, lei visibilmente insopportabile, altre presentazioni, strette di mano, un ginseng, no grazie, già fatto, meglio la cicuta. Accomodatevi, grazie, prego. Eccoci attorno al tavolo: Peppe Piccionello e io da un lato, Gea e i due dal lato opposto.

– Lamanna, siamo nella merda fino al collo – la ragazzina con il master Ucla (Los Angeles, California) sfodera doti lessicali da carrettiere – fra meno di una settimana il mio film passa a Venezia, quella stronza dell'ufficio stampa ha pensato bene di farsi ingravidare e ci ha lasciati col culo a terra. Io ho studiato il tuo curriculum, possiamo darci del tu, vero?

– Certo, diamoci del tu – sorrido.

– Bene, a me il tuo curriculum non serve a un cazzo.

– Forse è meglio continuare a darsi del lei.

– Scusa la schiettezza.

– Se provi a essere ipocrita non mi offendo.

– Tu capisci di cinema quanto un frocio può capirne di donne. Vero Enzo? – dice al gay. E lo scemo ride, piuttosto che darle un pugno in testa.

– Malgrado tutto – continua – il mio è un film particolare, la tua esperienza può andare bene, tanto il grosso del lavoro è fatto, poi a Venezia ci saranno anche Enzo e Arianna, che conoscono quel mondo, conoscono il film e sanno come lavoro. Insomma, alla disperata qualcosa tiriamo fuori.

– Ti ringrazio della stima, sono commosso. È vero, di cinema non ne capisco molto – e lancio l'azzardo – per questo ho portato con me il maestro Piccionello, intellettuale raffinato, agguerrito cinephile, critico austero, militante severo, che a Venezia sarà il mio consulente.

Piccionello non smuove un muscolo. Il bluff è il suo mestiere.

– Bene – dice Gea De Simone – Arianna ora ti gira la cartella stampa con la sinossi del film. Anzi, Arianna, se avvisi la saletta di sotto lo proiettiamo subito ai nostri amici. Piccionello, poi voglio sentire il suo giudizio. Spassionato però.

– Non ci resti male, ma nei giudizi sono severissimo – fa Piccionello.

– Meglio così – dice Gea, mentre fulmina la bionda tacco dodici che si è permessa di affacciare la testa – cazzo, non voglio essere disturbata, imbecille. Va bene, Lamanna, per il contratto parla con Enzo. Ho ricevuto la tua mail, so che ti raccomanda mia sorella, ma per la cifra spari alto. Tredicimila sono troppi, facciamo settemila euro, lo sai tu e lo so io che non è il tuo settore.

– Per settemila euro manco esco da casa. E poi porto il maestro Piccionello. Undicimila e passa la paura.

– Non sono qui a mercanteggiare. Novemila.

– Bene. Diecimila e chiudiamo.

– Bene. Diecimila. Enzo, prepara il contratto mentre i nostri amici vedono il film. Scusate, ho un'altra riunione. Ci vediamo dopo. Chi cazzo chiama? Pronto? Finalmente ti sei fatto sentire, coglione...

E se ne va nelle sue All Star slacciate insultando al telefono il malcapitato di turno.

Arianna ed Enzo la seguono come foglie nel vento di ottobre.

Piccionello sussurra di traverso:

– Sei stato bravo, ma questa ci fa sputare sangue.

– L'ho capito, maestro Piccionello. Ma the show must go on.

– E pensare che non ho nemmeno la televisione.

12

Sulla panchina davanti alla fontana dei Fiumi osserviamo un fesso vestito da mummia egiziana.

C'è poca gente in piazza Navona, qualcuno passa davanti al faraone, si ferma, lascia una moneta da venti centesimi. È l'ora sbagliata per vestirsi da mummia.

– Secondo te quanto può resistere? – chiede Piccionello.

– Fermo così non arriva a mezz'ora – rispondo.

Ho voglia di fumare. Dopo la cena a Campo de' Fiori, tonnarelli cacio e pepe, coratella, tiramisù e grappa, una Marlboro rossa ci starebbe come una mano santa.

– Sono già diciassette minuti che non si muove – precisa Peppe Piccionello.

– A mezz'ora non ci arriva.

– Secondo me ci arriva. Vuoi scommettere?

– Cosa?

– Un gelato.

Piccionello controlla l'orologio.

Il mio telefono. È Randone.

– Saverio, ho saputo che è andato tutto bene.

– Si fa per dire. Questa è Crudelia De Mon.

– E tu sei un piccolo dalmata.

– Non ho ancora capito se dobbiamo proteggere lei o il suo fidanzato. Secondo me gira col machete nella Smart.

– Ha un malo carattere, ma è tutta scena. La sorella dice che fa così perché è insicura.

– Randone, questa me la segno. Sono tutti insicuri, perfino il mostro di Firenze non si faceva mai vedere perché era timido.

– Comunque, paga bene, no?

– A proposito di piaceri reciproci. Puoi trovarmi qualche notizia su Aiello Vito, nato a Mazara del Vallo nel '97?

– È morto?

– No, al momento è solo scomparso. Ma non c'è denuncia ufficiale.

– Non sarà facile.

– Randone, non è neppure facile lavorare per il diavolo vestito Prada.

– Ci provo. Ricordati di mia moglie.

– Giovanna Curtopelle. Chi può dimenticarla?

Da qualche parte della piazza arriva il lamento di un sax, suona malamente *September morn*.

– Bella Roma – dice Peppe.

– Di bella è bella, non c'è che dire.

– Solo un cretino come te poteva tornare a Màkari.

– Solo un cretino come te poteva viverci tutta la vita.

– Tutta la vita no, per qualche tempo sono stato imbarcato sulle navi merci.

– Tutta la vita meno qualche tempo. Guarda, Tutankhamon ha mosso una gamba.

– Non è vero. È solo l'ombra. Vedi che la lampada del ristorante si annaca?

– Ragione hai. Quanto tempo è passato?

– Ventidue minuti. Secondo me ce la fa.

– Non ce la fa.

– Ne vuoi parlare? – chiede Piccionello.

– Adesso no.

– Prima o poi dobbiamo parlare.

– Meglio dopo che prima. Quanto tempo è passato?

– Sempre ventidue minuti.

Non ci vedo più. Ecco, sono diventato cieco d'improvviso. No, è qualche cretino arrivato alle spalle che mi tappa gli occhi con le mani.

– Indovina chi sono?

Non è un cretino. È una cretina.

– Uma Thurman. Ti amo anch'io.

– Acqua.

– Jennifer Lopez, lo capisco dal culo.

– Acqua, acqua.

– Marina Tadde, lo capisco dal tuo inconfondibile profumo da scema.

Infatti è proprio lei.

– Lamanna, che ci fai a Roma?

– Mi ha chiamato papa Francesco, vuole qualche consiglio sul giubileo.

– Cretino. Ti presento la mia amica Fiorenza.

Piacere Saverio, piacere Piccionello, piacere Marina, piacere grandissimo Fiorenza, complimenti al chirurgo che ti ha rifatto labbra e tette.

– Lui è quello del libro – fa Marina Tadde alla sua amica.

– E gli rivolgi ancora la parola? – dice Fiorenza, svelando uno dei migliori interventi di ortodonzia dell'impero romano d'occidente.

– È vero. Sai che sei uno stronzo, Saverio?

– Marina, è letteratura. Rassegnati.

– A me non è piaciuto. Ha ragione quel critico: sei verboso e compiaciuto.

– Ha ragione, ma mi scappa così.

– Mi hai fatto fare la figura della zoccola.

– E ti lamenti? Le tue azioni sono in rialzo.

– In effetti, dopo che è uscito il romanzo ho avuto duecento nuove richieste di amicizia su facebook – ridacchia Marina Tadde – là in mezzo c'era pure un bel manzo di Siena.

– Quello della barca di Ponza? – ammicca Fiorenza.

– Sono passati ventisei minuti – interviene Piccionello.

– Gli ultimi sono i più difficili – rispondo – allora Marina, che fai di bello oltre a rimorchiare manzi di cinta senese su facebook?

– Il giornale è in crisi, mi hanno licenziata.

– Vedi, capita a tutti prima o poi. Benvenuta nel club – sorrido contento.

Mica l'ho dimenticato l'articolo infame di Marina Tadde sulla mia sventura.

– Ma io non avevo fatto nessuna cappellata.

– Infatti. La cappellata l'aveva fatta il giornale quando ti ha assunta. Ci hanno impiegato un po', ma alla fine se ne sono resi conto.

– Idiota. Tanto adesso lavoro con Fiorenza, abbiamo messo su una società.

– L'ho letto su Dagospia. Aspetta, come si chiama la ditta? Ecco, ricordo: NMTT, Non È Mai Troppo Tardi.

– Sbagli – fa Fiorenza – si chiama OLEP: Ogni Lasciata È Persa.

Le due ridono e si danno il cinque.

– Ventotto minuti. Io controllo – mi sussurra Piccionello.

– Anche io. Non lo perdo di vista. Secondo me ha mosso un braccio – ribatto.

– No, è l'ombra.

– Ma che dite? – chiede Marina.

– Niente, una scommessa – taglio corto.

– Vabbè, voi bimbi continuate a giocare. Noi si va a letto. Domani si parte per Venezia.

– Pure voi? – dice Piccionello.

– Non mi dire che anche tu? – Marina Tadde mi punta un dito addosso.

– Communication, movies, red carpet, party, George Clooney. What else? – mi pavoneggio.

– Cocco di mamma, Fiorenza fa questo mestiere da vent'anni. Si dà del tu con Brad Pitt, tanto per capirci – ghigna Marina Tadde.

– Sean Connery è mio zio – mi difendo – per parte di madre.

– Io mi sono scopata Matthew McConaughey – assicura Fiorenza. E ci credo.

– Ragazze, mi arrendo. Esistono cose che la mente non riesce nemmeno a immaginare.

Se ne vanno a braccetto, verso corso Rinascimento. Fiorenza si gira e mi lancia un bacio a sfottò. Secondo me ci viene fuori qualcosa, pure che non sono Matthew McConaughey.

– Trentadue minuti. Ho vinto – Piccionello indica l'orologio.

– Ora si è mosso.

– Solo adesso. Lasciagli un euro.

– Al faraone?

– Deve pagare il mutuo sulla piramide.

Ci regaliamo il tartufo dei Tre Scalini. Peppe Piccionello lo vuole servito al tavolo perché costa il doppio e tocca a me pagare.

– Parliamo? – insiste.

– Ora?

– E quando?

– Comincia tu.

Peppe Piccionello si lecca il cucchiaino al tartufo nero.

– Saverio, io non ci ho capito un cazzo.

– Non c'è niente da capire. È un film.

– Ma che vuol dire?

– Che te ne fotte? Noi dobbiamo solo regolare il traffico, fare un po' di pomata, sorvegliare la ragazza, tenere a distanza il minchione del suo fidanzato.

– Buono quello. Per tutto il film non dice una parola.

– Ma hai visto che espressione?

– Sì, pareva Ciccio Sallemi detto Tronzo di Cardo.

– Non ci pensare, Peppe.

– E se la mozzicata dalla tarantola mi chiede qualcosa? Gli hai detto che sono cinemico.

– Cinefilo.
– La stessa cosa è. Ma hai visto cosa hanno scritto nella presentazione?

Peppe Piccionello tira fuori dalla tasca un foglio piegato in quattro, comincia a leggere.

– Un racconto allucinato e scomposto, dentro le viscere di un'anima tormentata, specchio deformato di una generazione borderline, tra le cupe atmosfere del genere horror italiano, nel quale sesso, violenza e ossessione declinano in inno apparentemente salvifico senza alcuna possibilità di redenzione.

– Perfetto. Né una parola in più né una in meno.
– Saverio, che minnica vuole dire?
– In italiano?
– Sì, Saverio: pane pane, vino vino.
– Significa che il film è una cacata.
– E se quella azzannata dai cani me lo chiede?
– Tu dici: è un racconto allucinato. Funziona sempre.
– Allucinato, dunque.
– Sì, e non sbagli mai.
– Grazie, Saverio.
– Grazie, maestro Piccionello.
– Sai dove dovete andare tu e tutto il cinema italiano?
– Non dirlo. Ho già le mie idee.

13

Alle quattro e ventidue minuti tre inglesi ubriachi cantano *God Save the Queen*. Il camion dell'immondizia passa alle cinque e quarantotto minuti. La sirena di un'ambulanza alle sei e trentadue minuti.

Non sono più abituato al sottofondo di Roma. Due mesi di silenzio a Màkari hanno distrutto i miei anticorpi metropolitani. Cerco di riprendere sonno.

Alle sette e sei minuti la saracinesca della pizzeria a taglio sotto casa.

Ficco la testa sotto il cuscino.

Piccionello russa sul divano.

Il telefono alle sette e trentasette minuti.

Non ne posso più.

– Va bene, mi arrendo – rispondo.

– Lamanna, ma chi ti senti? Scarface?

– Ciao, Randone. Fai presto che vado di corsa.

– Speravo di svegliarti.

– Ma che dici? A quest'ora faccio sempre due giri del raccordo in bicicletta.

– Lamanna, ho trovato qualcosa per te.

– Sul ragazzo?

– Sì, sei proprio fortunato. Aiello Vito è stato fermato a metà luglio alla Stazione Termini, lo avevano beccato su un treno senza biglietto, ha fatto il matto e lo hanno portato alla polizia ferroviaria.

– E poi?

– Niente, lo hanno segnalato. Ha lasciato un numero di telefono.

– Sarà il suo cellulare, ma non esiste più. Ho già provato.

– No, è un numero fisso di Roma.

– Ce l'hai?

– Lamanna, ti sembra che stiamo a ricamare il punto a croce? Il numero te lo mando con messaggio, è intestato a Mancini Armando, via Labicana 7, Roma.

– E chi è?

– E che ne so? Mi hai chiesto un favore e te l'ho fatto.

– Grazie, Randone.

– Non devi ringraziarmi, pensa invece alla raccomandazione per mia moglie.

– Certo, Randone. Ci sentiamo presto, adesso devo lasciarti, sto imboccando l'uscita della Casilina.

– Pedala, Lamanna, pedala che ti fa bene.

– Vaffanculo, Randone.

Sette e quarantacinque.

Peppe Piccionello continua a russare, disteso sul divano, finalmente ha potuto rimettersi in mutande. Me lo ricordo sempre in calzoncini corti, fin da quando mi insegnò a nuotare nel mare di Isulidda, sotto Màkari. Ai tempi avrà avuto meno di venticinque anni, ma a me pareva vecchio: la barba scura, la pelle annerita di sole, la camminata lenta. Era una cosa sola con Màkari, la casa al mare, le estati lunghe, come le siepi di fichidindia piantate sotto la montagna.

Ryan, il ragazzo filippino che si occupa della casa, mi ha fatto trovare un barattolo di Illy caffè, un litro di latte e il conto di trecento euro arretrati di stipendio.

Metto su la moka, controllo la posta che si è accumulata in due mesi di assenza: tre cartelle esattoriali per vecchie multe non pagate, sei buste della Findomestic che promettono prestiti rapidi, due gentili richieste di sottoscrizione di Medici senza frontiere, il bollettino delle offerte per la chiesa di Santa Maria in Via, trentadue dépliant di sconti vari per Despar, Gap, H&M, Ikea, Decathlon, Feltrinelli, Alitalia. Non si è ancora sparsa la voce che sono diventato povero.

Butto tutto nell'immondizia, avendo cura di inserire le tre cartelle esattoriali nella busta riservata al materiale non riciclabile.

Mi vesto, lascio un mazzo di chiavi sul tavolo, scrivo un biglietto per Peppe Piccionello: «Sono fuori, qui ci sono le chiavi, il caffè è in cucina. Ci rivediamo a casa verso mezzogiorno, il treno per Venezia parte alle 16.30. E comprati un telefonino».

Apro la porta, ci rifletto. Torno indietro. Sul biglietto per Piccionello aggiungo una nota: «P.S. Compra pure una giacca».

Scendo per via in Arcione, davanti alla fontana di Trevi c'è già qualche turista sotto gli occhi annoiati di una pattuglia di vigili urbani.

Ripenso alla volta in cui mio padre è venuto a Roma – è stato l'ultimo loro viaggio assieme, prima che mamma morisse – siamo scesi giù a fare due passi, papà mi ha preso per un braccio, mi ha tirato in fretta passando dritto davanti alla fontana.

– Non guardare – ha detto.
– Perché?
– Non girarti, poi ti spiego.

Arrivati a una certa distanza si è fermato.

– Vedi Saverio, qua vengono da tutto il mondo per guardare la fontana, americani, cinesi, turchi. Se noi passiamo in fretta, senza nemmeno voltarci, i turisti pensano: beati loro, sono così abituati che non gli fa più impressione. Adesso, da lontano, possiamo godercela.

È una giornata di vento, nuvole veloci nel cielo netto. Di mattina la città è vuota e pulita, chiara nella luce di fine estate. Tra pochi giorni sarà settembre. Tra pochi giorni Suleima va via dalla Sicilia. Non scrive, non risponde.

I piedi mi portano dritto in piazza di Pietra. Mi accorgo troppo tardi di ripercorrere il tragitto quotidiano del tempo in cui ero uno stimato professionista della comunicazione istituzionale, come dice wikipedia. Nella mappa del potere romano la Caffetteria è il sacrario degli incontri del mattino: chi vi partecipa pensa di essere più furbo degli altri cominciando molto presto a congiurare ai danni dei terzi assenti. In realtà, la cosa è risaputa e dei presunti incontri riservati, mezz'ora dopo già se ne discute nella sala stampa di Montecitorio per disegnare gli equilibri di giornata.

La tentazione è forte. Entro. A colpo d'occhio individuo un ex ministro, un cronista parlamentare dell'Adnkronos, un consigliere d'amministrazione della Rai, la sondaggista di fiducia di Mediaset e il solito mattacchione che vuole rifondare la Democrazia Cristiana Calabrese. Nello spigolo in basso del mio occhio sinistro si incagliano un paio di brutte scarpe che riconosco di primo acchito: fatte a mano da un artigiano di Cesena, per quello stronzo del mio sottosegretario rappresentano il simbolo assoluto dell'eleganza made in Italy. Dentro le derby con fibbie, infatti, c'è proprio lui, vuoto quanto una scorza di cannolo senza crema di ricotta.

– Saverio, che piacere rivederti – esclama.

– Carissimo – replico freddo.

– Conoscete Saverio Lamanna? Grande giornalista, dice ai suoi ospiti, una bruna in panta-tailleur gessato e un ciccione con la faccia da assessore meridionale.

– Non perdi il tuo spirito mattiniero, vedo – replico.

– Estote parati – sorride.

Ha fatto lo scout, dice che ne porta il motto stampato sul cuore.

– Vabbè, ti lascio ai tuoi intrighi.

– Saverio, lo sai che mi manchi?

– Tu no.

– Sempre con la battuta pronta il nostro Lamanna. Guardo i suoi ospiti, la bruna e il ciccione.

– Non credete a una sola parola di quello che dice. È falso come Giuda.

– Saverio, senza Giuda non ci sarebbe stato nemmeno Gesù.

– Hai ragione. Gesù ringrazia. E come diceva Giuda: un bacio a tutti.

Non vale neanche la pena di mandarlo a cacare.

Sbuco in piazza Venezia, taglio sotto la colonna Traiana, me ne vado per i Fori Imperiali chiusi al traffico. Magari è una fesseria vietarli alle auto, ma non è niente male. Alla fermata della metro Colosseo sono tentato di comprare le sigarette, ma resisto. In tasca ho ancora l'avanzo di toscano di Sharon Stone.

Studio una banda di zingari – quando scriverò il prossimo romanzo devo ricordarmi che non è politicamente corretto scrivere zingari – donne e bambini lavorano ai fianchi un gruppo di pensionati di Treviso, pellegrini in viaggio parrocchiale. Ne resto ammirato. Individuano il ritardatario, lo zoppo, il più distratto, se lo giocano in una girandola di voci facce fazzoletti, fin quando uno riesce a ficcargli la mano dentro la borsa. Ci farei un documentario per National Geographic: la savana si risveglia, il leone deve sfamare la sua famiglia, un branco di zebù si sta avvicinando al fiume, è il momento della caccia.

Il leone, lo zebù, gli zingari, i pensionati, la farfalla. Penso a Suleima, un giorno le chiederò perché i suoi genitori l'hanno chiamata così. Non lo confesserei a nessuno, ma Suleima mi manca. Questa cosa però non la scriverò mai: mi vergogno, tradisce il mio personaggio.

Passo davanti al Colosseo, faccio come mio padre, non guardo. Vado avanti, me lo godo di sguincio.

Via Labicana, civico 7. Sul citofono nessun nome, interno 1, interno 2, interno 3 e via andare. Armando Mancini, il nome che ha fatto Randone, non c'è. Provo a chiamare il numero che mi ha dato: uno, due, cinque, nove squilli a vuoto. Non risponde. Guardo in alto: palazzina d'epoca, ristrutturata da poco, il citofono è la controprova che ci abitano persone con qualche soldo in tasca o con un briciolo di notorietà, preferiscono non mettere il proprio nome per strada.

Aspetto. Dovrà entrare o uscire qualcuno prima o poi. Gioco a Candy Crush sul telefono, esploro i messaggi, controllo le mail. Niente, Suleima tace.

Ore nove e otto minuti.

Mi siedo su uno scalino, prendo il tablet dallo zainetto, leggo il «Corriere.it»: la recessione c'è ancora, per fortuna. La disoccupazione pure, non siamo soli sul nostro pianeta. Il governo riforma la scuola che era già stata riformata due anni fa, me lo ricordo, ma anche quattro anni fa, me lo ricordo e, se non sbaglio, anche vent'anni fa. Berlusconi dice che è stato condannato ingiustamente, l'aveva detto pure due anni fa, me lo ricordo. Uno ha ammazzato la moglie, una ha ammazzato i figli, un altro si è ammazzato. Non è successo niente, in pratica.

Il portone di via Labicana 7 resta chiuso. Sentiamo Teresita.

¿Dónde está tu novia?

Appostosiamo. Con l'hashtag, però.

– Teresita, parliamo d'altro.

¿Dónde está tu novia?

– Non è la mia fidanzata.

¿Estás triste?

– Estas stronza, stamattina?

¿Estás triste?

– ¿Estás triste? No, cosa te lo fa pensare?
Hoy es un hermoso día.

– Oggi è veramente una bella giornata.
Proverbio del día. Mujer, viento, y ventura presto se muda.

– Forse l'ho capita.

Passa una con la borsa della spesa, chiavi in mano, secondo me va proprio in via Labicana 7. Infatti.

Entra, le scivolo dietro.

– Chi cerca? – chiede sospettosa.

– Mancini. Armando Mancini.

– Lei chi è? – insiste sbarrandomi il passo.

– Un collega. Lavoro con lui.

– In televisione?

– Sì, con Maria De Filippi – azzardo.

– Mancini non lavora con la De Filippi. Lo avrei saputo, io la guardo sempre.

– Adesso no, ma prima ci lavorava.

– Lei lavora con Maria? – chiede.

– Sì, dietro le quinte, in regia.

– Ma quello lì, come si chiama, Jonathan, è così antipatico anche nella vita?

– Non me ne parli, signora mia, pensi che non vuole pagare nemmeno gli alimenti al figlio.

– Ha un figlio? Non lo sapevo.

– Non lo riveliamo per ragioni di copione. Ha un bambino, di tre anni.

– Lo dicevo che è un infame. Però Mancini non c'è.

– Non c'è? Strano, mi ha dato appuntamento.

– Non c'è. È in vacanza.

– Sa quando torna?

– Tra dieci giorni. Lo so perché quando Mancini non c'è mi occupo del gatto.

– Capisco. Non c'è nemmeno Vito?

– Vito? E chi è?

– Un altro amico, abita con Armando.

– See, lei va cercando Vito. Qui c'è un via vai che sembra di stare a Trinità dei Monti. Vabbè, devo andare, ho lasciato le patate sul fuoco.

E mi spinge fuori dal portone.

– Ma lei Vito non lo conosce?

– Io non mi impiccio degli affari degli altri. Arrivederci, mi saluti Maria.

– Non mancherò.

Mi sbatte il portone in faccia.

Dall'autobus turistico scoperto tre ragazze salutano, scattano foto, gridano ciao bello. È Roma, e non posso farci niente.

14

«Bella questa ritrovata voglia di vita sociale, contatti con le persone lontane e giuste per i vostri affari, sempre viva l'ambizione di far carriera. Momento di positività, ma dovete tenere presente che la situazione è ancora instabile, sottoposta a repentini cambiamenti anche in famiglia. Calmanti naturali per nervi scossi».

Situazione instabile. Calmanti naturali per nervi scossi. Camomilla?

Alzo gli occhi dall'oroscopo di Branko sul «Messaggero». Lo sguardo mi torna sempre sulla maglietta di Peppe Piccionello, seduto accanto al finestrino del Frecciargento per Venezia Santa Lucia. Ha una scritta sul petto: «Kannolo Addicted».

– Ma dove le trovi?
– Cosa? – Piccionello solleva la testa dal libro.
– Queste magliette.
– Le fa la figlia di mia cugina. Quella è un cervellone.
– Immagino.

Indossa pantaloni beige. E infradito.

– Peppe, hai comprato la giacca?
– No.
– Il telefonino?

– No.
– Un paio di scarpe chiuse?
– Saverio, per cortesia, fammi leggere.
– Cosa leggi?
– *La morte a Venezia*.
– Di buon augurio.
– L'ho trovato a casa tua.
– Non hai comprato niente. Si può sapere che hai fatto tutta la mattina?
– Sono andato al Maxxi.
– Dove sei andato?
– Al museo, il Maxxi.
– E chi ti ci ha portato?
– Nessuno. L'ho chiesto a un vigile.
– Per curiosità: cosa hai chiesto?
– Gli ho chiesto se c'era un posto con le cose d'arte che non si capisce niente.
– E lui ha capito subito?
– Subito. Non era carabiniere, vigile era.
– Certo. Ti è piaciuto?
– Ti dirò, Saverio.
– Cosa?
– È un modo di dire. Ti dirò, Saverio. Significa: niente male.
– Maestro Piccionello, stai entrando troppo nel personaggio.
– Mi sottovaluti.
– Ho creato un mostro.
– Saverio, fammi leggere, va', che sto arrivando al punto.

- Ti piace?
- È forte, questo qui.
- Un po' arruso.
- Sì, ma non è colpa sua, è la natura.

Meglio tornare a Branko, le stelle non conoscono stupori. Vado all'oroscopo di Suleima.

«Questa Luna agisce come un minatore nel campo dell'amore, le idee sono buone e sono tante ma non ancora in ordine nella vostra mente, eccezion fatta per chi si prepara a partire. Sarà un viaggio di cambiamenti. Predisponetevi per Mercurio nel segno, in arrivo alla fine del mese, che metterà tutto nero su bianco. Fine delle incertezze».

Fine delle incertezze. Branko, dimmi la verità, ce l'hai con me?

Prendo il tablet dallo zaino. Cerco Armando Mancini su google. Vengono fuori due notizie rachitiche e una foto che non dice niente. Il tipo deve avere una sessantina d'anni, alla lontana somiglia al padre di Vito. Autore televisivo, autore teatrale, ma sono cose che risalgono almeno a cinque anni fa. Ha frequentato il Piccolo Teatro di Strehler, è stato aiuto regista di Ronconi, ha lavorato alla Rai, a Mediaset. Gli ultimi insuccessi portano la data del 2009. Poi, un lungo elenco di omonimi che non c'entrano nulla.

Il telefono. Dio salvaci: Gea De Simone.

- Dove cazzo siete?
- Buongiorno anche a te, Gea. Sul treno.
- E che ci fate?
- Sul treno? Siamo venuti a fare un massaggio shiatsu.

– Lamanna, c'è poco da scherzare. Dovevate essere a Venezia alle quattro e mezzo.

– Gea, alle quattro e mezzo noi siamo partiti. Il biglietto l'ha fatto Enzo.

– 'Sto cretino. Enzo, mai una buona, vero? – dice all'idiota che sento balbettare attraverso il telefono – fate presto, è cominciato il circo.

– Facciamo prestissimo. Aspetta che lo dico al macchinista: ehi, puoi andare più veloce?

– Ho capito, il pomeriggio è andato a farsi fottere. Tempo che arrivate al Lido si fa notte. Ne riparliamo domani mattina. Lamanna, almeno hai studiato la cartella stampa?

– Perché. Scusa. Dice. Non prende. Ti sento. No. Male. Linea. No. Disturbata. Galleria. Galleria. A dopo.

Il Frecciargento fila liscio a duecentottanta all'ora per le valli di Comacchio, pianura a perdita d'occhio.

– Quella mangiata dalle vespe? – chiede Piccionello col sopracciglio alzato.

– Sta già caricata a pallettoni.

– Beddamatri.

Mi rassegno. Devo studiare. Prendo la cartella stampa, la apro. Il titolo fa cacare, pensa il film. *Nutellah Dark Park*. Ma che titolo è? Chiamalo in un altro modo. Chessò: *La gatta sul tetto che scotta*. Oppure: *A qualcuno piace caldo*. Al massimo, se vuoi strafare: *Apocalypse Now*. E invece: *Nutellah Dark Park*. Nutella pure con l'acca, tocco esotico.

Sfoglio il pressbook. Fotografia: chissenefrega. Casting, presa diretta, aiuto regista: chissenefrega. La regista ha un nome impronunciabile. È birmana, cresciuta a New Delhi, università a New York, ha lavorato a Hong Kong e, per fortuna nostra, è tornata in Birmania tre mesi fa, da dove non può più uscire nemmeno morta. Risultato: a Venezia ci risparmiamo la birmana.

Studio la scheda dell'attore principale. Leonardo «Alo» Pereira. Alo? Ho capito, il cretino carino – per la foto sul pressbook ha montato lo sguardo della triglia seduttrice di scoglio – per esteso si chiama Leonardo Aloisi Pereira, due cognomi perché uno solo pare sconveniente, ma siccome è un tipo democratico si fa chiamare Alo dagli amici. Curriculum scarso. Centro Sperimentale di Cinematografia, due fiction Rai, un tv movie per Sky, due documentari autoprodotti. Poi, d'improvviso, protagonista. Tre lungometraggi, tutti e tre prodotti, vedi caso, dalla Movie Valley di Gea De Simone. Al ragazzotto l'insuccesso dà subito alla testa, ma siccome non è per niente ingrato premia la sua produttrice a mazzate. Bene, bravo, bis.

– Perché hai detto: bene, bravo, bis? – fa Piccionello.
– Ho parlato?
– Sì.
– Pensavo all'attore del film.
– Una recitazione allucinata.
– Maestro Piccionello, mi stupisci sempre di più.
– Specchio deformato di una generazione borderline.
– Si dice laine.
– È lo stesso – e riprende a leggere.

È dura, ma so che la storia del film devo raccontarla, prima o poi. Ci provo. Lui e lei: giovani, sfigati, strafatti. Vivono alla giornata, vagabondi, on the road. Lui, non si sa perché, si affetta le braccia con una lametta. Lei si scopa tutti i grassoni che incontra. Qui adesso c'è tutto un sogno che non so spiegare. Dieci anni dopo. Lui ha la riga di lato e la camicia Brook Brothers, lei si è fatta bionda e sta sempre a casa col culo al vento. Sono sposati. Lei disprezza suo padre, perché gioca sempre a tennis, ha la Maserati e un sacco di soldi: quando il padre muore non va nemmeno al funerale, tanto i soldi di papà se li sta già sniffando a cocaina. Qui adesso c'è un altro sogno che non so spiegare. Ma i due sono infelici. Una sera vanno all'opera, si annoiano, litigano. Poi incontrano una ragazza romena e, non si sa perché, l'ammazzano. La mettono nella loro Porsche Cayenne, la spingono in un lago. E da quel momento tornano felici e contenti, scopano e ridono. Ma lui, di nascosto, ricomincia ad affettarsi le braccia con la lametta. E poi c'è un sogno dove sono tutti morti. La scena più bella è quando si vede la Cayenne che affonda nel lago, perché io ho provato tanta pena per la Porsche. Ecco, può bastare?

– Ma questo non è arruso – esclama Piccionello.
– Chi?
– Gustavo non è arruso. È un coglione.

Critica letteraria del maestro Piccionello.

Il Frecciargento entra in laguna dentro un tramonto splendente di luce.

15

Alle nove del mattino scendo sulla terrazza dell'Hotel Excelsior armato di Persol da sole, tablet, mazzetta dei giornali con «Repubblica», «Corsera», «Stampa», «Fatto Quotidiano», «Foglio», al collo il pass della Mostra Internazionale di Arte Cinematografica con tanto di fototessera e la scritta «Press office».

Perfetto, sono già nella parte. Mi viene incontro uno, mi saluta, mi trova dimagrito, dice che sto bene, mi chiede cosa ci faccio qui, non aspetta risposta, si fionda su Naomi Watts. Devo averlo incontrato qualche vita fa.

Una mano si alza da un angolo, Gea De Simone fa segno: siamo qui. Scanso una giapponese che urla frasi da taekwondo dentro due telefoni, inciampo nei cavi della troupe di Antenne 2, evito la caduta, ma rischio di macchiare di cappuccino la camicia di un tizio che somiglia tanto a Robert Downey Jr., il quale mi augura un elegantissimo fuck you e finalmente arrivo al tavolo dei miei soci.

Cinque paia di occhiali da sole, più i miei. Enzo ha già riempito un blocco di appunti, Arianna pesta sul computer, Alo controlla dietro le lenti nere se può farsi riconoscere almeno da un paparazzo, Gea al telefono si sta occupando della rieducazione morale di qualcuno colpevole, a quanto pare, di essere un cazzone fatto e finito. Peppe Piccionello, con un paio di Ray-Ban verdi regalo della cresima, sta bello spaparanzato in mutande e infradito.

– Cazzo, così dovevi conciarti? – gli sussurro.

– Perché? Questa città di mare è. Si chiama Lido, no?

– La tua camera com'è?

– Bella, però sono dispiaciuto.

– Perché?

– Volevo stare all'Hotel des Bains. Come Gustavo.

– Capisco, un intellettuale come te. Purtroppo devi accontentarti.

– Non c'è nemmeno la Jacuzzi.

– È il triste disagio di chi è cresciuto nel lusso. Dovrai soffrire.

– Vaffanculo – e così Gea chiude la sua telefonata.

Ora si recita a soggetto.

– Maestro Piccionello, ancora non mi ha detto niente del film – dice Gea con un sorriso che le perdoni tutto.

Peppe Piccionello si toglie i Ray-Ban, prende una pausa da attore di lungo corso. Voglio vedere come se la cava. Qui ridiamo.

– Interessante. Morboso ed enigmatico. Equivoco e torbido. Lento processo di dissoluzione fisica e spirituale. Voluttà di amore e morte. Bellissima la scena nel lago.

Silenzio.

– Perfetto – dice Gea.

Enzo batte le mani che viene papà. Arianna annuisce. Alo Pereira si toglie gli occhiali scuri, ringrazia con un cenno della testa Piccionello che accoglie l'omaggio da giusta distanza.

– Da dove ti sono venute? – chiedo tutto curvo su Peppe, fingendo di raccogliere un giornale da terra.

– L'ho letto nella copertina di *Morte a Venezia*.

– Lamanna – fa Gea – sono le frasi che voglio leggere sui giornali.

– Dovremmo inserirle in cartella stampa – azzarda Arianna.

– Giusto – dice Gea – aggiorniamo il pressbook. Dopodomani c'è la prima per i giornalisti. Alle due e mezzo del pomeriggio conferenza stampa. Sfruttiamo il fatto della regista bloccata in Birmania, facciamo scoppiare il caso.

– Dichiariamo guerra alla Birmania – dico.

– Che paura – commenta Enzo.

Gea sfoglia i messaggi sul suo telefono. Scaglia il cellulare sul tavolo.

– Imbecille. Amandine ha perso l'aereo da Montreal. Arriverà domani mattina.

– Amandine? – chiedo sottovoce a Piccionello.

– L'attrice. Bona bona – risponde Peppe.

Avevo dimenticato Amandine. Per tre quarti di film le si vede solo il culo, non avevo ragione di memorizzarne il nome.

– Il mio servizio? – mi chiede Alo Pereira.

– Spazzoli troppo la palla – ribatto.

101

– Che dici?
– Non parliamo di tennis?
– Il mio servizio fotografico a che ora è?
– Il suo servizio a che ora è? – raccolgo sotto rete e rimpallo di rovescio.

Enzo abbassa gli occhi sul blocco di appunti, Arianna si lascia ipnotizzare dal desktop del computer.

– Non sappiamo ancora – fa Gea.
– Avevi detto che «Vanity Fair» voleva il servizio fotografico – scatta Alo.
– Avevo detto che forse lo voleva. Forse.
– Non hai chiuso niente, vero?
– Sai che non è semplice. È un'opera prima, non ci sono grandi nomi.
– Certo, non ci sono grandi nomi. Con te non sarò mai un grande nome – Alo Pereira si alza in piedi.
– Alo, ti prego.

Alo, ti prego. Gea De Simone quindi ha un cuore, capace di tenerezza. Ci sono più cose tra cielo e terra di quante la nostra filosofia possa contenerne.

– Alo un cazzo. Sei la solita mignotta.
– Alo, dammi il tempo. Adesso richiamiamo la redazione di «Vanity Fair». Vero Lamanna?

Come no. E chiamo pure «Newsweek» che frigge dalla voglia di fare un servizio fotografico su Alo Pereira.

– Vai a fotterti tu e queste inutili teste di cazzo – dice Alo.

Rovescia le tazze di caffè sul tavolo e si allontana.

– Ce l'ha anche con noi? – mi domanda Piccionello.
– Pare di sì.

Gea cerca un numero sulla sua rubrica telefonica. Non lo trova.

– Che cazzo – dice con voce da bambina in castigo.

Si alza e corre via.

Arianna le va dietro.

Cominciamo bene.

– Quello mi pare di conoscerlo – fa Piccionello per rompere il gelo.

Indica uno in posa davanti a una folla di fotografi.

– È Kevin Costner.

– Somiglia a un tipo di Castelvetrano.

16

Fisso la scia bianca del motoscafo. È un pomeriggio pieno di luce.

Tre ore di reclusione coatta nella suite di Gea De Simone e un carosello di telefonate per ricordare ai giornalisti stressati la conferenza stampa di dopodomani, hanno svelato il lato psicotico di Arianna che a un certo punto ripeteva a macchinetta al povero Enzo una serie di insulti: schedule, briefing, photocall, recall, slot, round-table, one-on-one.

Sono evaso dalla cella cinque stelle lusso, vista mare, tende color salmone e stucchi all'ottomana, con alcune nuove certezze. Enzo non è un idiota costante, è capace perfino di lampi di ironia, ma diventa cretino a fasi alterne, soprattutto quando impatta con Gea. Donna alpha, maschio beta, va così. Arianna è fisicamente predisposta per invecchiare nel reparto psichiatrico di un ospedale di provincia. Gea fuma bidi indiani, dentro le All Star indossa piedi che dovrebbero essere mostrati nelle Accademie di Belle Arti agli studenti di disegno e possiede un dizionario inesauribile di insulti triviali, con alcune ricercatezze degne di Boccaccio.

– A te sembra normale? – mi distrae Piccionello.
– Cosa?
– Prima la litigata con quel cretino lì – addita Alo, seduto nella cabina del motoscafo – poi in un lampo-baleno si è risolto tutto.
– Peppe, a volte le cose finiscono bene.
– Se lo dici tu. Pensaci.

Il vento in faccia, gli spruzzi d'acqua nelle virate, il Lido alle spalle.

Ci penso. In effetti, al mattino eravamo in piena sceneggiata napoletana. Un'ora dopo, fresca e rilassata, appoggiando sulla moquette color tortora la pelle dei suoi piedini, come le brocche dei biancospini, Gea spiega che tutto è risolto e lascia cadere lì che il fotografo di «Vanity Fair» ci aspetta al molo dell'Excelsior alle quattro del pomeriggio per un servizio completo, barba e capelli, a questo cretino. Ora ci tocca accompagnare il grande attore drammatico Alo Pereira fino all'isola di Poveglia, scelta per un'ambientazione très chic, très glamour, très impressionant, così dice il fotografo, ovviamente très parisien.

– È mare, ma non è mare – fa Piccionello.
– È laguna, infatti.
– Lo sai che mi piace?
– Sei l'unico in tutto il mondo. Strano, Venezia non piace a nessuno.
– Venezia però non l'ho ancora vista.
– Peppe, il Lido è Venezia.
– Sì, come Lampedusa è Sicilia.
– Ti perdi nei dettagli.

– È bella, ma viverci deve essere impossibile.
– Questa l'ho già sentita circa diciassette anni fa.
Piccionello deve essersi offeso. Alza il naso al vento a tagliare l'aria.
– A volte vorrei essere quel cretino lì – col mento indica Alo.
– È importante avere ancora dei sogni alla tua età.
– Guardalo. Non capisce niente. Sta in un posto così e che fa? Gioca col telefonino. Il Signore dà il pane a chi non ha i denti.
– E magari i biscotti.
– E magari i telefonini.
– Tu l'hai comprato un telefonino, Peppe?
– No. Chi deve chiamarmi?
– Io.
– E chiamami quando vuoi. Tanto sto sempre con te.
Attracchiamo, il fotografo très parisien sbarca una montagna di borse, aiutato dal suo assistente e da una specie di Lady Gaga con i capelli rossi e blu.
Ci inoltriamo in una boscaglia amazzonica.
Entriamo in un edificio che sembra un ospedale abbandonato, sui muri scarnificati cartelli sbiaditi: reparto psichiatrico. Devo dirlo ad Arianna, ci si troverebbe bene. Giriamo, una stanza più sminchiata dell'altra. Il fotografo prova la luce, chiude gli occhi, inspira, apre gli occhi, soffia.
– È fatto così, i posti li sente col naso – sussurra il suo assistente.
– Anche il bracco di mio zio Ignazio è fatto così – gli rispondo.

106

L'assistente ridacchia con la mano sulla bocca. È simpatico.

– Ici – annuncia il fotografo parisien.

Lady Gaga apre il suo bauletto, tira fuori lo sgabello pieghevole, fa sedere Alo il quale è interessato al resto del mondo quanto io sono incuriosito dagli isotteri, e si prepara per un bel servizietto completo di trucco e parrucco.

Il fotografo bracco punta il dito: Sandrò ici, Sandrò là. Sandrò monta luci, alza cavalletti, piazza riflettori e stativi. Il bracco annusa, muove la coda, riannusa: Sandrò pas bon, Sandrò pas bon. Sandrò non parla, esegue in silenzio, ma secondo me un po' si incazza, magari perché non gli va di sentirsi chiamare Sandrò con l'accento sulla «o».

– Ma che è, film di guerra? – mi chiede Piccionello.

– Che c'entra? – gli faccio.

– Pare un posto bombardato.

– Non capisci niente. È très très très chic.

– Mi sembrate tutti scimuniti. Io vado a fare due passi.

Peppe se ne va ramingo nelle sue havaianas. Sulla sua T-shirt c'è scritto «Arancina dream».

Le cose vanno per le lunghe, Sandrò sempre pas bon, de là e ici. Non voglio approfittare della socievolezza di Alo: non si sa mai emetta un grugnito, avrei difficoltà a sostenere la conversazione.

Faccio un giro. Scrivo Poveglia su google, wikipedia per la tremillesima volta mi chiede una sottoscrizione di due euro per la libertà di sapere, condividere e conoscere. Scorro la storia: i longobardi, Pietro Tradonico, i povigliotti, la chiesa di San Trovaso, guerre e battaglie. Al solito: qualcuno le prende, qualcuno le dà, chi scappa e chi arriva, gli amori vanno e vengono, i figli crescono e le mamme imbiancano.

C'è silenzio. Più che a Màkari, lì almeno ogni tanto passa un'auto. A Poveglia i gabbiani volano sull'acqua, le onde sbattono sui muri di pietra segnati dai muschi. Com'è triste Venezia, ha ragione Aznavour.

Esploro le stanze abbandonate del vecchio ospedale. Dalle finestre la luce della laguna, un motoscafo fila via lontano. E qui faccio una cosa da cretino, che non racconterò mai a nessuno. Vado su youtube, ascolto Aznavour e mi cullo di malinconia.

> *Com'è triste Venezia*
> *se non si ama più*
> *si cercano parole che nessuno dirà*
> *e si vorrebbe piangere*
> *ma ormai non si può più.*

Considerando che l'immaginario sentimentale della mia generazione è collocabile tra *Pretty Woman* e *Tre metri sopra il cielo*, con cinquanta sfumature di *Ufficiale e gentiluomo* e alcuni brani dei Pooh, il risultato è veramente insopportabile. Insopportabile per me.

Faccio il conto: Suleima in silenzio stampa da tre giorni, un addio consumato a distanza e nel silenzio, Venezia nella luce bassa del pomeriggio, le acque morte della laguna, Charles Aznavour in sottofondo. Coerentemente alla mia regressione adolescenziale, prendo un calcinaccio, scrivo due nomi su un muro, Saverio e Suleima forever, e già mi immagino di portarla qui – tra un mese o dieci anni – per mostrarle tutto il mio tardo romanticismo.

Troppo triste Venezia
di sera la laguna
se si cerca una mano
che non si trova più.

Proprio adesso, sul più bello, mentre provo a spremere mezza lacrima di scena, mi arriva la risata del cretino. È alle mie spalle. Qualunque persona mediamente intelligente sa che non deve ridere delle disgrazie altrui, poiché è certo alquanto disperato chi ascolta Aznavour a Venezia. Ma Alo Pereira non sa. O non capisce.
– Hai un problema? – gli faccio.
– A quanto pare ce l'hai tu – fa Alo.
E ride.
– Bimbo, perché non vai a giocare con i tuoi amichetti?
– Lamanna, non fare lo spiritoso. Sei qui per lavorare. E io sono il tuo lavoro.
– Ti devo pulire il culetto dopo che fai popò?
– Sei pagato per starmi vicino.
– Lo sai che mi hai dato un'idea?
Aznavour ha appena finito di cantare, Venezia non è più così triste e a me girano abbastanza le palle.
Carico a testa bassa, lo sbatto contro un muro e gli sputacchio a due centimetri dal muso tutto il mio apprezzamento.

– Ecco, adesso ti sto proprio vicino vicino.
– Che fai? – balbetta Alo Pereira sotto un dito di fondotinta.
– Ti spacco la faccia così il servizio fotografico viene très chic – e stringo il pugno a filo dal suo naso.
– Ti prego, non colpire.
– Se stai buono, mamma non ti fa la bua.
– Occhei, tranquillo. Come dici tu.
– Vedi che quando ti applichi afferri il concetto?
Lo mollo. Controlla la camicia. Piagnucola.
– Mi hai strappato un bottone.
– Lady Gaga te lo riattacca.
Torna verso il set. Mi sono fatto un nemico.
Per dispetto, alza il dito medio: il cretino si è messo i guanti da motociclista per sentirsi fico. Adesso sa che non sono suo amico. Può tornare utile per tenerlo a distanza. Da Gea, soprattutto.
Il telefono.
– Pronto, sono Stefano Aiello. Ci sono novità?
– Aiello, ha mai sentito parlare di Armando Mancini?
– Non mi pare.
– Controlli nella stanza di suo figlio. Cerchi se c'è qualcosa. Armando Mancini.
– Ci sono speranze, allora?
– Ci sono sempre speranze, Aiello.

17

– Scusi, per Corte Sconta andiamo bene?
– L'è sconta. yes
– È ancora lontana?
– L'è sconta. yes
Piccionello mi dà di gomito.
– Ti prende per il culo.
– A sinistra o a destra? – insisto.
Forse il vecchio venexian ci prende per il culo, con la mano indica una calle oscura e ci incoraggia facendo sì sì con la testa.

– Quanto dobbiamo camminare? – chiede Piccionello.
– Se ascoltavi me, scendevamo all'Arsenale e a due passi eravamo arrivati. Hai voluto vedere San Marco? Allora zitto e cammina.

Una gondola scivola nel canale buio, andiamo per il labirinto di calli e campi.

– Con tutte le trattorie di Venezia dovevamo scegliere proprio la più scognita? – dice Piccionello.
– L'è sconta.
– Pure tu?
– Peppe, conosci Hugo Pratt?
– Di vista.

– Era un grande disegnatore. Diceva che ci sono tre posti magici a Venezia, dove si entra in un'altra dimensione. Uno di questi è la Corte Sconta detta Arcana.

– Un'altra dimensione?

– Sì, un luogo magico.

I passi risuonano nel silenzio delle calli deserte.

– Saverio, ci pensi a quanto sono sfortunati i veneziani?

– Poveracci, stanno in una città di merda.

– No, proprio il contrario. Per questo sono sfortunatelli.

– Il tuo dire non entra nel mio capire.

– Se uno nasce a Gela o a Palma di Montechiaro è fortunato, perché parte da sotto zero. Metti che arriva a Palermo è già si riempie gli occhi, va girando e dice: che bella città. Ma uno che nasce a Venezia, mischino, nasce con gli occhi pieni.

– Pensieri profondi.

– Sfotti, sfotti. Per questo in Sicilia se abbiamo una cosa bella facciamo di tutto per imbruttirla. Per non abituarci troppo.

– Interessante, Peppe. Toccherà dare una medaglia a chi ha alzato una casa abusiva.

– Certo, l'ha fatto anche per me. Roviniamo tutto, così appena Peppe Piccionello arriva a Venezia gli piace di più.

– Hai mai pensato di fare politica? Secondo me sei portato.

– No, io bugie non ne so dire. Ma queste cose le hai dette tu.

– Cazzate, magari ero ubriaco. L'importante è che non le abbia mai scritte, mi vergognerei troppo. Siamo arrivati.

Entriamo dentro, piripin e piripan, avete prenotato, certo che sì, per due persone, piripin e piripan, tra poco il tavolo è pronto, gradite un prosecchino, un'ombra, seguitemi di qua, seguitemi di là, il cameriere ci accompagna nella corte interna.

– Ancora tu? – grida Marina Tadde dal tavolo d'angolo. È con Fiorenza.

– Ma non dovevamo vederci più?

Comincia tutto un balletto, ma che carino questo posto, l'ho scoperto per caso, Hugo Pratt, Corto Maltese, il fascino di Venezia, troppi turisti però, dal Ponte dei Sospiri nemmeno si può passare, hai visto quanti russi, sono i nuovi ricchi, gli unici con i soldi, aspettate qualcuno, sedetevi qui, non vogliamo disturbare, ma che dici mai, se proprio insistete, aggiungi un posto a tavola che c'è un amico in più.

Vabbè, per farla breve, spingo Piccionello accanto a Marina Tadde, mi piazzo a fianco di Fiorenza che sembra molto, ma molto, ma molto, felice di ritrovarmi.

– Dimmi un po' – fa Fiorenza – un incontro come questo, poi tu lo scrivi?

– Dove?

– Chessò, in un libro.

– Mah – mi atteggio – dal punto di vista narrativo è un po' banale. Nei libri la gente non si incontra mai per caso.

Il cameriere porta i menù.

Peppe Piccionello chiede la traduzione simultanea dal venexian, gli finisce bene perché salta fuori che il cameriere lagunare è di Siderno.

– A Siderno c'è uno che faceva il militare con me. Vincenzo Commisso, aveva una ferramenteria.

– Lo conosco. È parente della mia fidanzata – fa il cameriere.

– Carramba, Peppe – dico – dovunque vai trovi un commilitone, manco avessi fatto la campagna di Russia.

– Sono un tipo che incontra – fa Peppe.

Infatti, Piccionello piace a Marina Tadde che sfodera le sue arti invasive: gli mette le mani nel piatto, posso assaggiare una sarda in saor, che meraviglia San Vito Lo Capo, troppa folla però, lo fanno ancora il Cous Cous Festival e così via.

Posso dedicarmi a Fiorenza che già sotto al tavolo mi dedica il suo ginocchio nudo, tutta sdilinquita dall'idea di finire in un libro. E come Luigi Pirandello, non posso far altro che cedere al personaggio in cerca di autore.

Antipasti, prima bottiglia di sauvignon.

Capece, grancevola, baccalà mantecato, seconda bottiglia di sauvignon.

– Sei fidanzato? – Fiorenza mi viene addosso a ogni domanda.

– Dipende – rispondo, ma vorrei dire di sì.

– Non mi dire che sei uno di quelli?

– Quali?

– Ogni lasciata è persa.

– Non è il nome della vostra società?

– A me non va di far soffrire le fidanzate.

– No, non sono fidanzato, non credo, non più – e mi chiedo in silenzio se lo sia stato negli ultimi due mesi.

– Marina, hai sentito? Abbiamo un caso raro di single allo stato brado.

– Fiorenza, non fidarti – fa Marina, sempre amichevole – eccolo il vero single verace: il maestro Piccionello.

Piccionello bacia la mano di Marina. Col sussiego di Burt Lancaster nel *Gattopardo* esegue una riverenza da manuale.

– Io sono pazza di te – squittisce Marina Tadde.

– Se lo vuoi te lo regalo – commento.

– Non preoccuparti, se lo voglio me lo prendo. Non ho bisogno di permessi. Da te, poi.

Sempre simpatica la Tadde. Un suo urletto improvviso fa tracimare il mio bicchiere di vino.

– Ma sono pazzesche – esclama, lo sguardo ai piedi di Piccionello.

– Cosa? – chiede Fiorenza, mentre mi bagna l'orecchio con il vino versato perché porta fortuna.

– Le havaianas del maestro. Elegantissime con i pantaloni blu.

Marina comincia a scattare foto delle infradito di Peppe, minacciando di mettere tutto su facebook, su instagram, su twitter.

– È fortissimo, vero?

Non capisco cosa ci sia di fortissimo. Nemmeno Piccionello lo capisce, ma è visibilmente compiaciuto.

Fiorenza continua a sfregarmi il lobo dell'orecchio, ma ciò mi provoca alcuni effetti collaterali.

Altro vino, terza bottiglia di sauvignon.

Ormai siamo rimasti solo noi quattro nella Corte Sconta detta Arcana, gli altri clienti volati via per le calli di Venezia. Si brinda, da scemi.

– Alle havaianas del maestro Piccionello.
– Al maestro Piccionello.
– A tutti noi.
– Alla salute.
– All'acqua alta.
– Al Mose e alle sue tangenti.
– Alla rinascita del cinema italiano.
– Al tramonto del cinema italiano.

Usciamo sbronzi di allegria, Fiorenza mi prende sottobraccio. Marina Tadde ogni tanto si ferma per mettere in posa Piccionello e le sue havaianas.

Di notte Venezia è un inganno di angoli bui. Fiorenza ha belle gambe abbronzate sotto la gonna corta, il seno ben rifatto premuto contro il mio braccio. Fa finta di essere ubriaca: gioco vecchio, ma sempre efficace. Adesso ci vuole il tocco di classe.

Mi aiuta nell'impresa Alberto Toso Fei che ha scritto bei libri sui misteri di Venezia, uno me lo sono portato in valigia, perché non si sa mai. Questo è il classico caso. Da un sottoportego sbuchiamo in un campo.

– Silenzio – poggio un dito sulle labbra di Fiorenza.
– Che c'è? – fa lei allarmata.
– Adesso passa l'usuraio.
– Chi?
– Certe notti come questa – le sussurro – da qui passa un vecchio con un sacco sulle spalle. Se siamo for-

tunati lo incontriamo. Ci chiederà di dargli una mano a portare il sacco.

Gli occhi spalancati di Fiorenza: ho tutta la sua attenzione. Vado avanti.

– Dobbiamo stare attenti, però. Il vecchio indossa una palandrana sdrucita, è sporco e malandato. Ma appena ti avvicini si trasforma in uno scheletro infuocato.

– Queste storie mi fanno paura – si stringe al mio braccio.

– È un fantasma. Nel Quattrocento, proprio dove siamo noi, scoppiò un incendio, andò a fuoco l'intero quartiere, ma l'usuraio se ne fregò di mettere in salvo alcuni bambini perché era preoccupato soltanto di recuperare il sacco con i suoi soldi. Quella notte il vecchio sparì. Ma da allora, certe notti così, con la luna così, la sua anima ricompare. Sarà liberata solo appena qualcuno lo aiuterà a portare il suo sacco, ma nessuno ha il coraggio di farlo perché il fantasma si trasforma d'improvviso in uno scheletro avvolto da fiamme.

– Dio, che storia – adesso Fiorenza mi sta addosso.

Non ce ne sono città ruffiane come Venezia. Chissenefrega del silicone sottocutaneo, io ora la bacio e come finisce finisce.

– *Sutta la tò finestra, ci siminasti i sciuri, e dopu cincu misi, garofani sbucciaru...*

– Chi canta? – Fiorenza si stacca.

Incantesimo spezzato.

– Non lo senti? Piccionello – dico rassegnato.

– Ha una bella voce.

117

– Cantava sulle navi da crociera con Berlusconi – invento.

– Veramente? Andiamo a sentire – mi prende per mano.

Cose che voi umani non potete nemmeno immaginare. Marina Tadde si atteggia a Giulietta sulla sommità di un terrazzino pieno di gerani, mentre Peppe Piccionello interpreta Romeo – Romeo di Màkari, ma alla compare Turiddu – intonando *Nicuzza*.

– *Sù tutti bianchi e russi, comu la tò facciuzza, bedda tu sì Nicuzza, comu li sciuri tò...*

Peppe Piccionello porta a termine la sua serenata, volando alto sul finale.

– *Sugnu capaci pi ttia suffriri, si tu nun m'ami è megliu muriri. Ma si pi zitu, tu scegli a mmia, iu ti maritu, quannu vo' tu...*

Applaude Fiorenza. Applaude Marina. Altro che applausi, vorrei strangolare il maestro Piccionello, mortacci suoi. Marina Tadde scende le scale alla Eleonora Duse, schiocca un bacio quasi sulla bocca di Piccionello.

– Era da tempo che un uomo non riusciva più a commuovermi – dice a voce alta.

– Alcuni secoli, direi – aggiungo, ma me ne pento subito.

– Idiota – mi rimbecca Marina.

– Ha ragione, sei un grande piritollo – conferma Piccionello.

– Vabbè, io vado a dormire. Buonanotte ai suonatori.

Esco di scena con un inchino, riprendo il sottoportego, rallento. Nessuno mi richiama, nessuno mi rincorre. Ma sì, buonanotte fiorellini. Me ne vado per le calli, le mani in tasca, la testa bassa, pensando ai fatti miei. Adieu adieu, addio al mondo. Va dicendo ad ogni cosa, a un lampione illuminato, ad un gatto innamorato che randagio se ne va... stray

Alla fermata del vaporetto dell'Arsenale ritrovo Fiorenza. Sola, gli occhi alle luci che illuminano cupole e campanili di San Giorgio Maggiore.

– Perché te ne sei andato? – mi chiede.

– Mi ero scocciato. annoyed

– Il prossimo per il Lido passa tra quaranta minuti.

– Se vuoi andiamo a prenderlo a San Zaccaria. Da lì ne passano di più

– No, aspettiamo. Siediti qui.

Fiorenza si gira e mi bacia. Mi bacia e la ribacio.

Venezia, la luna e tu. Sono dentro un luogo comune, lo so. Però mi piace.

18

Mi sveglio assiderato. Le quattro e ventisei minuti. Dalla veranda filtra luce, sarà la luna.

Mi alzo, spengo l'aria condizionata. Tramestio di piedi nel corridoio. Socchiudo la porta, c'è un uomo con la giacca sulla spalla e la camicia fuori dai pantaloni. Ha una faccia conosciuta. Mi vede, sorride.

– Hi – saluta.
– Hi.

Lo scombinato bussa a una porta. Aspetta. Niente. Gli tira un calcio. Niente. Il tipo allarga le braccia, si stende a terra nel corridoio, con la testa sulla giacca arrotolata.

– Good night – faccio e torno dentro.

Attraverso la stanza, vado nel terrazzino. C'è odore di alghe marcite. Qui il mare ha un odore diverso che a Màkari. Devo scrivere un manuale: *101 mari da odorare. Guida olfattiva per spiagge e promontori*. Potrei proporlo a Newton Compton.

Il mare calmo nella notte sollecita sillogismi imperfetti: se chi scrive è scrittore e chi canta è cantante, ergo chi tradisce è traditore.

Meglio pensare ad altro. Ripasso la faccia del matto in corridoio. Mi ricorda qualcuno. Ecco dove l'ho visto. Cazzo, Harry Potter sta dormendo davanti alla mia camera. Torno indietro, apro la porta: non c'è più. Sarà scomparso, d'altra parte è un maghetto. Ormai avrà quasi trent'anni, ma sempre maghetto resta.

Faccio un giro sul tablet. Marina Tadde ha già infilato dieci foto delle havaianas di Peppe Piccionello su facebook e su instagram: Venice super trendy. Le infradito di Piccionello super trendy. Che generazione sfortunata la mia, costretta ad assistere al crepuscolo della civiltà.

Es muy tarde.

Ormai si accende e spegne a mia insaputa. Teresita, ho già le mie preoccupazioni: Suleima, Fiorenza, Harry Potter.

¿Quieren escuchar un poema?

No, grazie. Ci manca solo il poema, alle cinque del mattino.

Es un hermoso poema.

Teresita spegniti. È un ordine. Tono secco e deciso. Prima legge della robotica: «Un robot non può recar danno a un essere umano. Un robot deve obbedire agli esseri umani». L'avevo letto in un romanzo di Asimov.

Pablo Neruda. Veinte poemas de amor y una canción desesperada.

Teresita se ne frega della robotica di Isaac Asimov. Provo a spegnere, macché, lo schermo è impallato.

Puedo escribir los versos más tristes esta noche.
Pensar que no la tengo. Sentir que la he perdido.

Clic, ce l'ho fatta. Teresita dissolve a nero.

Il sonno è scappato via. Torno a letto, accendo la

tivvù, su Sky danno *Attrazione fatale*. Lasciamo perdere, la solita corda in casa del solito impiccato.

Ora fa caldo. Riaccendo l'aria condizionata, la regolo al minimo. Controllo nel corridoio, Harry Potter ha dimenticato il suo mantello. Vado in bagno, mi lavo di nuovo i denti per perdere tempo. Sapore di zammù, la mia infanzia rinchiusa dentro la bottiglietta di Anice Unico Tutone sul frigo per togliere il tanfo di cloro all'acqua del rubinetto.

Torno a letto.

Domani mattina Suleima va via da Makàri, a quest'ora avrà già ripulito la casa da magliette, jeans, gonne, scarpe, slip, body. Avrà messo in valigia, magari per ricordo, una delle mie camicie? La rivedo al mattino, appena sveglia, appoggiata allo stipite, la mia button down bianca aperta sul seno nudo.

Penso ai baci di Fiorenza, le sue mani sotto la mia camicia nel vento della notte, il desiderio al ritmo del rollio del vaporetto per il Lido. Ho sbagliato tutto, lo so. Ma è stato più forte di me. Non si dorme più stanotte, anzi stamattina. Laggiù, ad oriente, un chiarore annuncia il primo sole.

19

L'ascensore si ferma. Si spalancano le porte. Primo incontro del mattino, il carissimo Alo Pereira. Appena un cenno della testa, niente di più. Riprendiamo la corsa in discesa, altra fermata al piano. Entra un americano grosso in bermuda. Alo smanetta sul telefonino, dietro gli occhiali scuri. Nuovo stop, apertura delle porte. Finalmente una faccia amica: Fulvia Caprara della «Stampa».

– Ti hanno buttato giù dal letto? – le faccio, dandole un bacio.

– Lascia perdere, Saverio, hanno messo l'anteprima dell'ultimo *Spider Man* alle nove del mattino.

– La gente di cinema non conosce pietà.

Alo Pereira deve aver riconosciuto la Caprara, sta lì a scodinzolare attorno, si toglie gli occhiali da sole, si mette in mostra. Fingo di non capire, l'ascensore si ferma a tutte le stazioni, come la littorina Palermo-Agrigento.

Con Fulvia Caprara ci siamo conosciuti qualche anno fa a un convegno organizzato da «Polizia Moderna» sulla figura del poliziotto nel cinema italiano, siamo diventati subito amici. Ci scambiamo notizie su conoscenti comuni. Alo Pereira zompetta, tra poco fa pipì per la gioia. Cosa non si fa per due colonne negli spettacoli del quotidiano Fiat. Cedo: in fondo non sono cattivo.

– Fulvia, ti presento Alo Pereira, il protagonista di *Nutellah Dark Park*. Nutella con l'acca. Lo presentiamo domani.

– Sì, lo so – fa Fulvia – ho ricevuto la tua mail. Sono curiosa di vederlo. È un film particolare, a quanto ho capito.

– Molto particolare – dico.

– Se vuoi, posso rilasciarti un'intervista esclusiva – dice Alo.

– Come no. Ne parlo col mio direttore. Sarà entusiasta – dice Fulvia.

Lo prende in giro, è chiarissimo. Solo Alo Pereira non lo capisce. Secondo me lo ha intuito pure il grassone americano in bermuda, infatti sorride contento.

Sbarchiamo nella hall. Alo Pereira saluta, porge la zampetta di Rin Tin Tin, si congeda con l'acquolina in bocca pregustando la sua foto e ottanta righe di intervista, ovviamente esclusiva, a pagina trentuno del quotidiano di Turin. Strizzo l'occhio a Fulvietta.

– Sono cari animaletti, basta poco per farli felici.

– Stai attento, Saverio. Alla tua conferenza stampa prevedo il deserto, quasi in contemporanea c'è Nanni Moretti. Quello prende sempre le prime pagine, sai com'è.

– Tra Moretti e Alo non c'è partita. Vince Alo a tavolino: è più giovane.

– Cretino. Scappo che è tardi, Spider Man non aspetta.

– Da un grande potere derivano grandi responsabilità – le grido dietro.

Nella sala degli stucchi trovo Peppe Piccionello, infradito d'ordinanza, pantaloni beige e maglietta con slogan.

– Sempre la cervellona?

– Sì, ti piace?

Mostra la scritta rossa: «Piaccio ma pungo. Fikodindia of Sicily».

– Da dove le vengono? – chiedo.

– Ha studiato a Berlino.

– Un cervello in fuga. Anzi, latitante direi.

– Sei sempre invidioso.

Al buffet prendo caffè americano, torta di mele e yogurt.

Piccionello non ha saltato nulla dell'american breakfast: bacon, scrambled eggs, mezzo würstel.

– Ti sei svegliato texano? – gli chiedo.

– Ho bisogno di energie.

– Ci credo, dopo una nottata con la Tadde.

– Non è come immagini.

– Sicuro. Conosco Marina Tadde da molto prima di te.

– È persona sensibile.

– Dicevano la stessa cosa di Hitler perché amava i cani.

– Lo sapevi che è rimasta orfana a sei anni?

– Il mostro di Milwaukee è diventato cannibale dopo il divorzio dei genitori.

– Hai poco da scherzare. Abbiamo fatto le cinque, mi ha raccontato tutta la sua vita.

– E non te l'ha data.

– Saverio, sono un gentiluomo.
– No, sei un'anomalia nel sistema solare.
– E tu, con quella? – fa un gesto per niente gentiluomo.
– Non è come immagini.
– Sicuro. Ti conosco.
– Non ce l'ho fatta.
– Vuoi farmi credere che non hai fatto niente?
– Peppe, sono preoccupato.
– Alla tua età può succedere, Saverio. Questo perché porti sempre i pantaloni lunghi: stringono, surriscaldano e alla fine si diventa impotenti.
– Peppe, non dire cazzate. L'ho lasciata fuori dalla porta, con Harry Potter.
– Con chi?
– Nessuno. Ma è andata così. Sto subendo una mutazione genetica, mi è spuntato uno scrupolo dietro il collo.
– Suleima? – Piccionello si avvicina al mio piatto.
– No. Non credo. Anzi, sì. Lascia stare la mia torta.
– Sei malato, Saverio – riesce a portarsi via tutta la fetta.
– Lo pensi anche tu, vero?
– Sì, lo penso. Ai tempi miei si chiamava amore, più o meno.
– Questa non la scriverei nemmeno sotto tortura, è troppo stupida.
Restiamo in silenzio, ammaliati da Megan Fox al tavolo del buffet in jeans, maglietta nera girocollo, infradito e tutte le sue cose al posto giusto.
– Saverio, hai visto? Pure lei con le ciabatte.

– È un fenomeno di allucinazione collettiva.

– Ho sentito mio compare Stefano Aiello. Tu avevi il telefono spento, ha chiamato me.

– Hai un telefonino?

– Macché, gli avevo dato il numero dell'albergo.

– Vestigia di epoche scomparse.

– Ha trovato un biglietto da visita nella stanza del figlio. C'era un nome, Armando Mancini, regista, e un numero, eccolo – mi allunga un appunto.

– Un numero di cellulare. Bene.

– Saverio, chi è questo Armando?

– Armando Mancini, forse sa dov'è Vito Aiello.

Piombano sul tavolo due sacchetti pieni di havaianas. È un incubo in 3D.

– Piccions, hai visto cosa ho trovato? – garrisce Marina Tadde.

– Piccions? – chiedo esterrefatto.

– Con te non ci parlo, bestia – fa Marina – io mi connetto solo con Piccions. Dodici paia di havaianas, Piccions, a prezzo stracciato, saldi di fine stagione, guarda i colori, ho pensato di coordinarli con lo smalto per le unghie. Infradito blu unghie blu, infradito verdi unghie verdi. Ti piacciono queste amaranto?

– Unghie amaranto – dico.

– Proprio così, animale – e alza un piede.

– Marina, sei un genio – fa Piccionello.

– Tu sei il cervellone, Piccions – e Marina Tadde gli schiaffa un bel bacio sulla guancia.

Rutger Hauer, e pure io, abbiamo visto navi da combattimento in fiamme al largo dei bastioni di Orione e i raggi beta balenare nel buio vicino alle porte di Tannhäuser. Ora mi tocca vedere Piccionello trasformato in Piccions. È tempo di soffrire. O di abbandonare la sala breakfast.

– Vattene pure, bastardo – mi licenzia Marina Tadde.
– Marina, che ti prende stamattina?
– Prima illudi le persone e poi chiedi perché ti chiamano stronzo.
– Guarda che con la tua amica Fiorenza non ho fatto proprio niente.
– Appunto. A te non interessa l'autostima di una donna.
– È vero, a te non interessa – conferma Piccionello.
– Occupati delle infradito, Piccions – mi sto innervosendo – e ricorda che fra mezz'ora c'è il briefing.
– Grazie, ho già mangiato.
– Vi lascio alle vostre divagazioni podologiche.
– Vaffanculo, vigliacco – dice Marina Tadde che vuole avere sempre l'ultima parola.

Vigliacco e bastardo. E non l'ho nemmeno portata a letto. Se lo facevo, dunque, mi assegnavano il Nobel per la pace?

– La verità è che non ci sono più gli uomini di una volta – mi urla dietro Marina.

Questa me la segno.

20

Pesto un piede a Giuseppe Tornatore, ficco un gomito nel costato di Alejandro González Iñárritu, riesco a passare inosservato davanti a Juliette Binoche e finalmente arrivo al tavolo della Movie Valley. Ci sono tutti, tranne la Movie Valley.

– Dov'è Gea?

Enzo alza il ditino verso le finestre dell'albergo.

– In camera, possiamo cominciare senza di lei.

– Hai concordato l'intervista? – mi chiede Alo.

– Come no – gli dico – tutto a posto. Anzi, a postone. Non staccarti mai dal telefono, da un momento all'altro possono chiamarti. Allora, cominciamo?

– Ecco Amandine – fa Enzo.

Fresca di dieci ore di volo in business class, Amandine porta alcune novità nel gruppo della Movie Valley: un culo portentoso, un fidanzato jamaicano nero e grosso come il monolite di *2001 Odissea nello spazio*, un paio di havaianas verdi sotto il vestito di organza – il contagio dilaga, temo –, la loquacità di un salice piangente e l'affabilità di un rottweiler. Per fortuna si esprime solo a monosillabi.

– How are you?

– Fine.
– Did you have a good trip?
– Yes, it's been a long journey.

Esaurita l'animata conversazione con Amandine, posso finalmente dedicarmi a Temple Run fingendo di prendere appunti sull'iPad.

Arianna riepiloga gli appuntamenti di domani, dettagliata quanto il tabellone partenze della Stazione Termini.

Alle dieci e ventuno: trucco per Amandine.

Alle undici e sei: parrucco per Alo.

Alle dodici e ventuno: intervista col Tg5 sulla terrazza Excelsior.

Alle dodici e trentacinque: fotografo Ansa in spiaggia.

Alle tredici e dodici: partenza del regionale per Bracciano, ferma a Cesano, Anguillara, Vigna di Valle, espleta servizio di sola seconda classe.

Arianna procede con la determinazione di un Tir sulla variante di valico dell'Autosole, do you understand Amandine, yes of course, ti è chiaro Lamanna, certo che sì. Annuisco con decisione. A Temple Run resto inchiodato al terzo livello, non riesco a sbloccare il successivo.

Enzo sbircia il mio tablet.

– Se Arianna se ne accorge ti taglia la testa – sussurra – quella è una iena.

– Quando ti ha staccato le palle?

– Lo dico per te, sai che me ne frega.

– Grazie, me la cavo da solo.

– Per fortuna tua, oggi avrai altre preoccupazioni.

– Del tipo?

– Non vedi come Arianna tratta Alo?

– Pensavo fosse il suo modo di manifestare affetto.
– Enzo, smetti di blaterare – grida Arianna.

Enzo si irrigidisce, mi lancia un'occhiata: che ti dicevo? Ma siccome mi sto convincendo che fa l'imbecille per non pagare dazio, cerco di intuire cosa vuole dirmi.

La maestrina della penna rossa distribuisce il programma della giornata con la medesima gravità di Mosè quando riportò dal Sinai le tavole della legge al popolo eletto. Quelli però erano solo dieci comandamenti, qui c'è un papello di quattro pagine scritte in corpo nove.

– Scusa Arianna.
– Dimmi Lamanna. Che c'è?
– Manca qualcosa.
– Cosa?
– Non hai scritto a che ora esatta posso pisciare.
– Fattela addosso, Lamanna. Forse non lo sai, ma è un lavoro duro.
– Hai ragione. I minatori di Serra Pelada ne parlavano sempre con Salgado: beati noi, dicevano, ti immagini lavorare alla Mostra del Cinema di Venezia?

Enzo scoppia a ridere. Pure Alo, ma non so se l'ha capita. Amandine e il monolite fluttuano nell'iperspazio del jet lag. Arianna non ride affatto. Si volta e se ne va. Di dietro non è male, peccato sia deturpata dalla supponenza.

– Te l'avevo detto che non scendeva – mi fa Enzo.
– Chi?
– Gea.
– Non avevi detto niente.

– Saverio, te l'avevo detto, non stai attento. Farsi vedere conciata a quel modo... beaten up

– Quale modo?

– Opps, mi è scappato – Enzo mette una mano davanti alla boccuccia a «o». Ci fa, ma non lo è.

– È meglio che vada da Gea.

– Sì, Saverio, è meglio. Altrimenti che ci stai a fare qui?

– Tu che ne sai?

– Sono molto amico della sorella di Gea. A me racconta tutto.

– E Gea lo sa?

– No, nessuno lo sa. Solo io. Ma non parlo. Sono un vero uomo. Non lo avevi capito? – e si liscia i capelli con la mano.

– Adesso lo so. Grazie, Enzo.

Mollo il tavolo.

– Dalla «Stampa» non hanno ancora chiamato – mi grida dietro Alo.

– Chiameranno, chiameranno. Fidati.

21

- Fammi entrare, Gea.
- No, Saverio, non posso.
- Gea, solo un momento.
- Allora non capisci?

Conversazione attraverso una porta chiusa.

Dall'ascensore sbuca una cameriera. Mi viene un'idea.

- Scusi, può aprire questa camera? C'è qualcuno che sta male. È urgente.
- Ha provato a bussare? - chiede.
- Sì, da mezz'ora. Ho paura che sia successo qualcosa.

La cameriera prende il passepartout, lo palleggia da una mano all'altra, ancora non è convinta.

- Non perda tempo, può essere questione di vita o di morte.

La porta della camera si apre, spunta la faccia di Arianna.

- Lamanna, entra e non fare casino.
- Sono tanto tanto preoccupato - dico.
- Tutto bene? Ha bisogno di qualcosa? - domanda la cameriera senza molta convinzione.
- Grazie, tutto bene, se non fosse per qualcuno - e Arianna mi infilza con un'occhiataccia.

Mi infilo nella suite, prima che Miss Empathy ci ripensi e la porta si richiuda.

In accappatoio, distesa sulla sedia a sdraio in veranda, Gea preme sul volto una sacca di ghiaccio avvolta in un asciugamano.

Le afferro il polso, avverto la sua resistenza. Poi, solleva la mano e si scopre. Livido blu attorno all'occhio, ferita all'attaccatura delle labbra: una sfumatura giallastra si allarga verso il naso.

– È stato Alo, vero? Quando è successo? – chiedo.

– Che cazzo cambia?

– Non puoi lasciarla in pace? – si intromette Arianna.

– Non puoi andare temporaneamente a fare in culo? – rispondo.

– Non sono fatti tuoi – insiste Arianna.

– Sono fatti miei. Domani tocca a me raccontare una palla sul perché Gea indossa la maschera di Mike Tyson. E prima di dire bugie, mi piace sapere la verità.

– Non c'è problema, Arianna – fa Gea.

– Capisco che sono d'intralcio – fa Miss Perfidy.

– Capisci bene – dico – se ti togli di mezzo fai la prima buona azione della tua vita.

– Coglione – e con questo complimento, tutto per me, rientra nella suite, lasciandoci soli sul terrazzino.

– Chi ti ha detto che è stato Alo? – chiede Gea.

– L'ho letto sulla Treccani. Quando te lo ha fatto?

So che una storia va raccontata sempre dall'inizio. Mi siedo e aspetto.

– Ieri sera siamo andati al ristorante, da Valentino, lì abbiamo incontrato altra gente, c'era pure Gabriele

Salvatores. Insomma, una bella serata, allegra. Alo sembrava rilassato, quasi gentile. Poi ci siamo spostati al Lion's, abbiamo bevuto qualcosa...

– Avete bevuto molto?

– No, non tanto. Un mojito, niente di più. Abbiamo cazzeggiato un po'. A un certo punto è passato Viggo Mortensen, Alo ha voluto farsi qualche foto con lui, sembrava di buon umore. Ero stanca, volevo tornare in albergo, Alo ha insistito per accompagnarmi. Da tanto tempo non restavamo soli io e lui, da quando ci siamo lasciati...

– Quando vi siete lasciati?

– Sei mesi fa, mentre stavamo chiudendo le riprese del film.

– Perché?

– Vuoi sapere perché ci siamo lasciati?

– Esatto.

– Perché a volte succede.

– Ti picchiava?

– No, fin quando stavamo assieme non ha mai alzato le mani. Gridava, si incazzava, tutto qui.

– Ha cominciato a picchiarti solo quando lo hai lasciato.

– Perché pensi che l'abbia mollato io?

– Semplice, chi molla non mena.

– È vero. Comunque, ieri sera abbiamo parlato. Ci siamo fermati sulla terrazza dell'Excelsior, Alo diceva che gli mancavo, ma senza rabbia, quasi con malinconia. Mi prenderesti una Coca dal frigo?

Vado a prendere Coca-Cola per Gea, una Beck's per me.

– Ti ha accompagnato in camera? – chiedo.

– Sono stata io a dirgli di entrare. Ci siamo affacciati al balcone, c'era la luna.

– Lo so, succede a tutti: guarda che luna, guarda che mare.

– Non sono romantica, ma era tutto, come dire, molto dolce, molto pacato. Due persone che si sono volute bene, che hanno litigato, si sono accapigliate, si sono prese e riprese, un giorno si ritrovano. Né amici né amanti, ma qualcosa di diverso, in ogni caso un modo per non buttare via una storia di due anni.

– Ci credi veramente?

– Sì. Ci credo. Ci credevo.

– Guarda che luna, guarda che mare. E ti è zompato addosso. È andata così?

– No. È stata una cosa quasi tenera. Ci siamo baciati. Era solo un modo per dirgli addio.

– Ma lui l'ha capita diversamente.

– Infatti. Gli ho ripetuto che non volevo fare l'amore con lui, quel bacio era tutto.

– E si è incazzato.

– Ha dato fuori di matto. Ha cominciato a pestarmi. Ecco il risultato – alza il sacchetto di ghiaccio, mostra i lividi.

– Figlio di buttana.

– Non era mai arrivato a tanto, però.

– Gea, devi denunciarlo.

– No, sarebbe uno scandalo. Finirebbe per danneggiare il film.

– Allora sarà necessario dargli qualche istruzione per l'uso.

– Saverio, tu non c'entri.

– Io c'entro sempre.

Gea svuota la bottiglietta di Coca.

– Domani in conferenza stampa farò un figurone – sorride.

– Trucco e parrucco, nessuno si accorgerà di niente.

– Ho visto che scrivi romanzi sulle cose vere che ti succedono.

– Da chi l'hai saputo?

– Google.

– Quello si impiccia di tutti.

– Scriverai anche questa storia?

– Un testa di cazzo che picchia le donne? Non è mica un romanzo, sono dieci righe in cronaca sul «Messaggero».

– Adesso vattene, devo fare pace con Arianna.

– Ti vedo e ti piango. Meglio le mazzate di Alo che Miss Keyser Söze.

– Non è come pensi tu.

Mi alzo per andare via. Torno indietro, prendo la mano di Gea e le lascio un bacio dentro il palmo. Non so perché l'ho fatto, ma credo le sia piaciuto. Molto meno ad Arianna che, acquattata in un angolo della suite, mi segue da dietro il suo computer con la smorfia di chi ha appena visto un topo nella cucina di un ristorante cinese.

22

Scendo giù, vado alla terrazza dell'Excelsior. C'è Piccionello abbracciato ad Harry Potter. Cantano.

*Talè chi dannu chi fannu i babbaluci
ca cu li corna ammuttanu i balati
si nun sì lestu a jttarici 'na vuci
talè chi dannu chi fannu i babbaluci.*

Piccionello conduce, Harry Potter arranca. Il maghetto con l'età deve aver perso poteri perché non azzecca una parola manco per sbaglio. Marina Tadde e altri spettatori non paganti riprendono la scena con i telefonini. Coming soon: tra poco su youtube, in streaming dal Lido di Venezia.

Tiro via Peppe, tra le proteste di Harry Potter e dei videomaker orbati del talento canoro del maestro Piccionello da Màkari.

– Ma dove credi di essere, al villaggio Valtur? – gli faccio.

– Che male c'è? Qui si annoiano tutti.

– Meno male che ci sei tu, una ventata di allegria.

– Sempre con stile, però.

Lo trascino verso la spiaggia.
Harry Potter si sbraccia dalla balaustra.
- See you later, Pichonelo...
- Ciao compà, ci vediamo dopo - risponde Peppe.
- Sei diventato compare di Harry Potter? - gli chiedo.
- Di chi?
- Quello che faceva Harry Potter.
- Non lo so. Si chiama Daniele, è simpatico.
- Vabbè, Peppe, la vacanza è finita. Alo ha alzato le mani su Gea, le ha gonfiato la faccia come un pallone. Tocca a noi.
- Piccions, ci vediamo dopo al Lion's - grida Marina Tadde dalla terrazza.

Peppe ricambia con la mano, non è più tempo di scherzare.
- Lo stronzo adesso dov'è? - chiede.
- Forse in camera.
- Non credo, l'ho visto uscire poco fa.

Andiamo alla reception, chiediamo al portiere: conferma che il signor Pereira è fuori hotel.
- Chiamalo al telefono - fa Piccionello.
- E che gli dico? Presentati subito che dobbiamo farti nuovo?
- Inventa una minchiata. Sei un professionista. Ma non farlo venire in albergo, troppa gente. Se gli dobbiamo infilare un discorsetto è meglio un posto discreto.
- Allora chiamo?
- Chiama.

Squilla. Uno, due, tre, sette volte. Lo stronzetto non risponde, la gente morta di fama usa così.

Gli mando un messaggio.
- Ti cerca «La Stampa». Hai cambiato idea?

Non ha cambiato idea. Richiama alla velocità di Usain Bolt.

- Lamanna, sono qui.
- Qui dove?
- Al telefono.
- Il giornale vuole fare una cosa grossa, al telefono non va bene. È meglio di persona. Dove sei?
- In giro.
- Pereira, Venezia non è mica Comitini. In giro dove?
- Sul vaporetto, sto andando alla Biennale con un'amica.

L'innamorato pazzo sta andando alla Biennale. Con un'altra.

- Perfetto, ti raggiungiamo noi - confermo e strizzo l'occhio a Piccionello.
- Con la Caprara? - chiede Alo Pereira.
- Appena ha saputo dell'intervista, il suo direttore ha fermato le rotative, ha buttato nel cestino un'esclusiva con Al Pacino e ha minacciato ritorsioni pesanti contro tutti i giornalisti della «Stampa» se non riportano le tue parole al milligrammo.
- Vi aspetto alla Biennale, allora.
- Non ti muovere, arriviamo.

Chiudo la telefonata.

- All'imbarcadero, presto. È alla Biennale.
- Che è? - chiede Piccionello.
- Ti piacerà, vedrai. Arte contemporanea. Non si capisce un tubo. È un posto ottimo per il nostro di-

scorsetto: gli meniamo e tutti penseranno che è una performance.
– Una perfoche?
– Una cosa moderna, maestro Piccionello. Spacchiamo la faccia ad Alo e ci prendono pure per artisti.
– Mi sta già piacendo.

Usciamo dall'albergo. Non c'è un taxi e non mi va di spendere cinquanta euro di motoscafo per arrivare in Biennale. Fermo una Panda rossa, chiedo un passaggio per l'imbarcadero. Il venexian alla guida è un pensionato che non ha niente da fare nella vita, se non andare su e giù per il Lido. Nel tragitto a quaranta all'ora si spende in un lungo discorso: malgrado la mia propensione per le lingue straniere decifro tre parole – Venexia, turisti, diobon – ma è chiaro che si sta incazzando, non capisco se augura disgrazie al sindaco o a suo cognato.

Facciamo i biglietti – sette euro a testa a traversata: rivaluto la metro di Roma, non passa mai, è lurida, ma almeno costa un euro e cinquanta. In tasca, fra i soldi, ritrovo il pizzino con il numero di Armando Mancini.

– Minchia, ecco cosa dovevo fare – mi tiro una manata sulla fronte.

Passa il vaporetto, più affollato della metro B per Laurentina. Restiamo in piedi, i marinai ci maltrattano come tonni alla mattanza di Favignana. Piccionello finisce da qualche parte, dietro un gruppo di coreani. Stipato così, non riesco nemmeno a prendere il telefono.

Approdiamo a Giardini, sbarchiamo col branco di coreani in gita, ritrovo Piccionello in posa per un selfie con una tale Choi Mi-Ok che ci omaggia di inchini e del suo biglietto da visita.

– Hai finito di fare Kim-Il Sung? – mi sto innervosendo.

– Sei geloso?

– Il mio secondo nome è Otello.

– Rassegnati, sono uno che piace. Hai provato a quel numero?

– Ancora no, lo faccio subito.

Armando Mancini deve essere più sfigato di me, perché risponde al secondo squillo.

– Pronto, Mancini? Mi chiamo Saverio Lamanna della Movie Valley, una società di produzione cinematografica, vorrei farle una proposta.

La bugia mi viene spontanea. Se Mancini lavora per la televisione, avrà sicuramente da qualche parte il sogno di fare cinema. E infatti.

– Come no, conosco la Movie Valley. Mi pare che ha prodotto quel film della regista birmana...

– Sì, bravo, *Nutellah Dark Park*. Nutella con l'acca. Lo presentiamo domani a Venezia...

– Mi piacerebbe vederlo. Io stasera arrivo a Venezia...

La pallina della roulette si è fermata sul mio numero.

– Ma questa è una coincidenza fantastica – grido – un segno del destino. Le faccio trovare un biglietto per l'anteprima alla reception dell'Excelsior.

– Può farmene avere due? – chiede Mancini.

– Non c'è problema.

Vuoi vedere che si presenta con Vito Aiello? Tombolone e tombolino.

– A domani, Mancini.
– Grazie, sarà un piacere incontrarci.
Il piacere è tutto mio. Sarà una carrambata, Mancini. Vedrai che sorpresona.
– È qui? – chiede Piccionello.
– Arriva stasera. Secondo me con il giovane Aiello.
– Tutte le strade portano a Venezia.
– No, Piccionello, a Roma.
– Ricorda, Saverio: la precisione fa male, ammazza la fantasia.

23

– Sono pazzi da catena – fa Piccionello davanti a una statua di Giulio Cesare col turbante in testa e serpenti piumati fosforescenti.

– Non dare nell'occhio – gli do una gomitata.

– Io do nell'occhio?

– Guarda come fanno gli altri. Ti avvicini, giri attorno, osservi e tiri avanti.

– Cos'è questa cosa?

– Non lo vedi? Sedie.

– Lo vedo. Tremila seggie vecchie. Che mi vuole dire?

– L'opera d'arte non deve trasmettere alcun messaggio se non la propria stessa esistenza artistica.

– 'Sta pipa.

– Non è mia, è scritto sul dépliant della Biennale.

– Qui hanno lasciato le cose a metà, manco il cartone della pizza hanno buttato via.

– Guarda: work in progress.

– Che mi vuole dire?

– Lavori in corso.

– Saverio, a me l'arte contemporanea comincia a piacere. È come la vita: non si capisce niente.

– Se ti metti in un angolo con la tua maglietta finisci nel catalogo.

– Non ti piace?

– Come no. Ma preferisco quella sul ficodindia.

Piccionello assume un'espressione risentita.

L'ultimissima opera d'ingegno della figlia di sua cugina è giallo fosforescente: «Sbaglio o t'abbaglio? Sunsicily».

Attraversiamo di gran carriera le sale della Biennale. Alo Pereira aspetta al padiglione svedese: la farei io un'opera d'arte, una brugola gigante.

Fermo in contemplazione di una catasta di scarpe vecchie, Alo Pereira allaccia ai fianchi una stangona di un metro e ottanta, esclusi dieci centimetri di tacco, che lo sopravanza di tutta la testa.

– Peppe, intrattieni la lasagnona mentre mi occupo di Barbablu.

– Il fascino è il mio mestiere – dice Peppe.

– Ciao Alo, eccoci – saluto.

– La giornalista dov'è? – chiede lui.

– Ci aspetta all'ingresso, ti accompagno.

– Irene viene con noi?

Irene è la spaghettona.

– Le fa compagnia il maestro Piccionello che, per altro, è un esperto di arte contemporanea – dico disinvolto – così finiscono il giro e ci raggiungono.

Strizzo l'occhio a Piccionello che si alza sulle punte dei piedi per non sfigurare, prendo Alo Pereira per un braccio e lo porto via.

Cammino a passo svelto, Alo fatica a tenere il ritmo.

Il cretino non sa nemmeno dove sta di casa, non può intuire che giro a vuoto, in cerca del posto adatto per la sua catechesi.

Sbuchiamo in un hangar buio: sulla parete è proiettata la faccia di una bruttona che si strappa i peli dalle sopracciglia, mentre gli altoparlanti sparano clangori da stiva del Titanic.

Non c'è nessuno.

Perfetto.

Gli stringo una mano al collo.

– Che c'è? – si spaventa Alo.

– Se alzi ancora un dito su Gea ti mangio il cuore e vado a cacarlo a Palermo.

Questa l'ho sentita dire: in genere funziona.

Annaspa.

Boccheggia.

Si aggrappa alle mie spalle.

E sviene.

Proprio così. Alo Pereira si affloscia e finisce culo a terra.

Vuoi vedere che gli è preso un infarto?

Lo distendo sul pavimento, gli alzo i piedi in aria, entra qualcuno nella sala, guarda il video, guarda noi, ci scambia per un'opera d'arte e se ne va.

Chiamo aiuto, ma dentro il gran casino del naufragio del Titanic non sento nemmeno la mia voce.

È morto. L'ho ucciso.

I titoli sui giornali di domani: «Omicidio alla Biennale». Claudio Magris sulla prima del «Corsera»: «Ma l'arte non è mai colpevole». E il corsivo di Pietrangelo Buttafuoco sul «Fatto Quotidiano»: «L'arte contemporanea fa morire. Non solo di noia».

Mi sto rassegnando al mio destino di assassino preterintenzionale. Ma l'idea che Alo Pereira possa diventare un'icona pop alla James Dean mi restituisce forza. Respira, cazzone. Respira. Gli mollo due schiaffi, tanto li avrebbe presi anche da sveglio.

– Che fai? Vuoi ammazzarlo?

Peppe Piccionello mi trattiene dalle spalle. La spilungona con gli occhi sbarrati è sul punto di urlare. Piccionello ha la prontezza di tapparle la bocca con la mano.

– Niente, è solo svenuto. L'emozione, il caldo, sai com'è – balbetto.

Il carognone in effetti respira. Gli tasto il polso. Batte. Debolmente, ma batte.

– Vai a cercare dell'acqua – ordina Piccionello alla perticona.

Appena Irene esce traballante sui tacchi, Peppe mi strattona.

– Ma che minchia fai? Vuoi finire in galera?

– Ha fatto tutto da solo, Peppe. È svenuto appena gli ho detto bi.

– Gli avrai detto bu, perché è morto dallo spavento.

– Non è morto, è solo svenuto.

– Lo vedo. È bianco come una pezza. Spostiamolo da un'altra parte che almeno c'è un po' d'aria.

Solleviamo Alo Pereira da braccia e gambe per portarlo fuori.

La giraffona, seguita da una custode, torna con una

147

bottiglietta di acqua Panna. Innaffiamo Alo ben bene, fin quando rischia di finire affogato.

– Chiamo un'ambulanza? – fa l'impiegata della Biennale.

– Non c'è bisogno. Solo un calo di pressione. Vede, sta già meglio – dico.

Lazzaro infatti sbatte le palpebre.

Si scopron le tombe, si levano i morti, i martiri nostri son tutti risorti.

Ci affolliamo su Alo, come stai, va meglio, tutto a posto. Tutto a posto?

Alo Pereira mette a fuoco, sbarra gli occhi verso il soffitto. Seguiamo il suo sguardo atterrito, dal tetto pende un pentadattilo verde a pallini blu.

Sviene di nuovo, penso.

Mi accosto al suo orecchio.

– Era meglio che morivi, stronzo. Se tocchi di nuovo Gea, ti stacco le palle.

Credo abbia afferrato. Chiude gli occhi, si passa una mano sulla fronte.

– Devo aver mangiato qualcosa che mi ha fatto male – sospira.

– Sicuro – aggiunge Piccionello – come sempre, esageri.

24

Per fortuna questa storia non la scriverò mai.

Perché scriverei le solite minchiate sulla laguna, la malinconia dei campanili, i contrasti di luce del Canaletto, il caldo, il colera, gli abiti di lino bianco, la morte sull'Adriatico e via andando, fino a comprare una maschera da Carnevale made in Taiwan da appendere a casa per souvenir.

Per fortuna questa non la scriverò mai.

Dovrei essere uno scrittore russo, mitteleuropeo o almeno omosessuale per riuscire a leggere nelle increspature della laguna le spiegazzature dell'anima, ma per quanto mi metta all'ascolto a me non dice niente: devo avere un Io di poche parole, spiccica solo monosillabi.

C'è da aggiungere che Piccionello fischietta poro-po-rompompero-però e disturba le frequenze della vecchia radio a transistor che forse trasmette emozioni da qualche parte dentro di me. Pertanto, non ci sarà niente da scrivere sulla traversata in vaporetto che ci riporta al Lido.

In verità, qualcosa ci sarebbe. Magari il soprassalto che taglia le gambe quando, due posti davanti a noi, siede una che somiglia a Suleima.

Se fossi bravo. Se fossi veramente bravo, allora scriverei alla maniera dei grandi. Tipo così:

Improvvisamente, come spinta da un ricordo, da un impulso, voltò deliziosamente il busto dalla posizione primitiva, con una mano sul fianco, e guardò al di sopra della spalla. Separata dalla terraferma da una distesa d'acqua, separata dal suo orgoglio, errava laggiù, visione isolata e senza più legami, nel mare, nel vento, davanti all'infinito sabbioso.

Ma l'ha già scritto un certo Thomas Mann.

Non sono Mann. E la ragazza due sedili avanti a noi non è Suleima, non le somiglia neppure tanto.

L'occasione di fare somma letteratura sfuma, vi contribuisce il fatto che Thomas Mann non si portava appresso uno con maglietta Sunsicily e infradito havaianas che fischietta *Io cerco la Titina*.

– Quando sei pronto per la Quinta di Beethoven avvertimi, così apro il botteghino.

– Ti dà fastidio se fischio?

– No, Peppe. Anzi, ti prego, continua. Apprezzo il free jazz.

– Conoscevo uno che faceva il fischiatore. Di professione.

– Tra voi maestri di minchiate vi conoscete tutti.

– Sei incazzato per caso?

– Ho appena rischiato trent'anni di galera per omicidio. Posso essere nervoso?

– Fai troppi cattivi pensieri.

– È il vaporetto. Soffro il mal di mare.

– Di mare o d'amore?

– Peppe, preferisco quando fischi, almeno non dici coglionate.

Obbedisce. E parte con la Quinta di Beethoven.

Non dico Thomas Mann, ma fossi almeno Alessandro Baricco avrei già scritto quattro pagine sulla laguna e sul perduto amore.

Ho voglia di una sigaretta.

Metto le cuffie, serve una voce amica.

Que calor.

Teresita sente caldo.

¿Que pasa?

¿Que pasa? Nada de nada. Il tempo non passa mai, le nottate non finiscono mai, le coglionate abbondano sempre.

– Hai detto qualcosa? – chiede Piccionello.

– Parlo da solo.

– Si comincia così. Conoscevo uno che alla fine si è buttato dal balcone.

– È bello averti accanto, sei una consolazione.

Le mie lezioni di spagnolo vanno a rilento. Teresita è di poche parole, come l'anima mia: in questi giorni si è sentita trascurata. Non è l'unica.

¿Dónde está mi coche?

Siamo a Venezia, Teresita, non ci stanno coche e manco autopiste.

¿Dónde está mi coche?

Siamo a Venezia. Solo barche.

¿Dónde está mi coche?

Alza pure la voce. Che cazzo so dove sta il tuo coche.

Cabrón.

L'ho sentita. Ha detto proprio così.
Cabrón.
Controllo il telefono. La tua app ha bisogno di un aggiornamento, scarica adesso l'upload.
– Venezia Lido – grida il marinaio.
Scendiamo a terra, Piccionello fischia più forte della sirena del vaporetto.
Teresita mi insulta. La mia anima tace. Mastico solo cattivi pensieri. Non sarò mai Thomas Mann. E nemmeno Baricco.
Il Lido di Venezia è più triste di Venezia, già nell'anno in corso.
L'Hotel des Bains è chiuso.
Tadzio è morto di vecchiaia.
Emmanuelle Béart mi sfiora senza degnarmi di uno sguardo, ignara di poter vivere con me per sempre felice.
Incontriamo Harry Potter: si premura di far notare a Piccionello le sue infradito arancioni. Si danno pacche sulle spalle, contenti di far parte dello stesso club.
Voglio tornare a Màkari, mangiare cuori di fichidindia freddi e aspettare Suleima fino a mezzanotte e anche più.
Piccionello fischia e fischia e fischia.
– Ti è preso un raptus?– gli faccio.
Fischia e muove gli occhi tipo pesce all'amo.
– Si comincia così – dico – e si finisce all'«Isola dei Famosi».
Di nuovo quella che somiglia a Suleima.
Appoggiata al parapetto sul canale dell'Hotel Excelsior.

Piccionello fischia *La donna è mobile*.
Non somiglia a Suleima.
Somiglia a Suleima.
È Suleima.
Il resto non lo scrivo perché mi imbarazza. Chi vuole, vada a leggersi Thomas Mann, basta solo cambiare i nomi.

25

– Vuoi sposarmi?
– Sei troppo vecchio per me.
– Mi spezzi il cuore.
– Tu non ce l'hai un cuore.

Lampi in fondo al mare. Si è levato il vento, arriva odore di bagnato.

– Pioverà – dico.
– I tuoi pensieri così profondi mi fanno impazzire.
– Cretina – tento di agguantarla, ma Suleima scappa nuda dal letto verso il minibar.

Mi piace tutta, nel controluce del frigo aperto.

– Vuoi una birra? – chiede.
– Sì, devo dimenticare il tuo rifiuto.

Torna a letto con due Bud.

Mi piace anche di fronte.

La stanza buia è illuminata dai fulmini sul mare.

– Com'è 'sto film? – chiede Suleima.
– Non l'ho ancora capito.
– Piccionello dice che è una cacata.
– Critica raffinata.
– Sei invidioso perché è diventato una star.
– Lo chiamano il George Clooney di Màkari.

– Ti rodi dall'invidia. Appena è arrivato sulla terrazza tutti gli hanno fatto la ola.
– Americanate.
– A me è sembrata una cosa simpatica.
– Il circo Barnum. Mancano solo elefanti e clown.
– Hai visto? Tutti gli attori in total black e infradito arancione, perfino Kristin Scott Thomas portava le havaianas sotto l'abito lungo.
– Kristin chi?
– Ignorante. Kristin Scott Thomas, quella con l'aria da duchessa.
– Bisogna far sapere che le infradito sono cancerogene, così le ritirano dal commercio.
– Non sapevo che eri rosicone. Ho fame.
– Sono le due di notte.
– Chiedi se ci portano un toast.
– A quest'ora?
– È un grande albergo.

Chiamo la reception, mi spiegano che è impossibile: la cucina è chiusa, il bar è chiuso, il Lido è chiuso, Venezia è chiusa.

– Da Marilù si può mangiare a qualunque ora, e qui a Venezia no. Sud batte nord due a zero – fa Suleima.

Vado al frigobar: anacardi, arachidi e Pringles.

– Cos'è questo orgoglio terrone? Fatti vedere da un medico – dico.

Ha cominciato a piovere. Chiudo la porta della veranda.

– Domani mattina vado a Bassano – fa Suleima, la bocca piena di noccioline tostate.

– Resta qui, poi andiamo assieme.
– Ma sei pazzo? Mi presento con te? Papà, mamma, vi presento Saverio.
– Prima o poi dovrai farlo se vuoi essere mia moglie.
– Non voglio essere tua moglie.
– Preferisci vivere nel peccato?
– Guarda che l'inferno è un posto abbastanza divertente.
– E siddu moru e vaiu in paradisu, si nun ci trovu a ttia mancu ci trasu.
– Che dici?
– La *Cavalleria rusticana*.
– Traduci.
– Se muoio e vado in paradiso, se non ci trovo te manco ci entro.
– Sei un vero poeta.
– Non dirlo in giro.
– Domani vado a casa dai miei. Da sola.
Inutile insistere. Ormai la conosco.
Mastichiamo Pringles e anacardi. Svuotiamo le birre.
– Perché non rispondevi mai? – azzardo.
– Mi mancavi.
– Il conto non torna.
– Perché?
– Se ti mancavo perché non rispondevi?
– Non capisci niente delle donne.
– Forse hai ragione.
– Te la sei scopata?
– Chi?

– L'amica dell'amica di Piccionello, la biondona in terrazza, come si chiama, Fiorenza...
– Ma se nemmeno mi saluta.
– Appunto, la cosa è sospetta.
– Non c'è stato niente.
– Niente niente?
– Lo giuro – e metto una mano sul cuore.
– Non voglio saperlo.
– Ti dico che non c'è stato niente.
– Non dire niente, non ti ascolto – e si copre col lenzuolo.

Mi infilo sotto il lino bianco, sembra ancora più nuda.
– E se ti dico che mi fai sangue?
– Non voglio saperlo.
– Te lo dico, invece.
– Non parlare, non ti ascolto.

Sotto il lenzuolo cominciamo a fare quello che dobbiamo fare.

Fuori piove forte.

Me la studio tutta, il fiato le solleva il seno.

– Sono felice che sei qui – dico sfiorandole un capezzolo.

– Piccionello ha insistito, dice che stavi morendo d'amore.

– Il solito bugiardo. Freddo come il marmo sono.
– Dice che rischiavi la fine di Aschenbach.
– Di chi?
– Aschenbach, quello di *Morte a Venezia*.
– L'ho sempre pensato: la letteratura rovina il mondo.

26

Si va in scena.

Mi vesto appropriato: camicia scura, abito scuro, mocassini neri, senza cravatta perché è giorno e non passiamo nemmeno per sbaglio dal tappeto rosso.

Per *Nutellah Dark Park*, grande capolavoro della regista birmana, eroina a distanza dei diritti civili di cui non abbiamo più notizie, né dalla Birmania né dall'Italia, c'è spazio solo in una sezione minore della Mostra. Soltanto «il Manifesto» ha dedicato venti righe negli spettacoli alla prigioniera politica, ma ne ha sbagliato nome e cognome.

Ha smesso di piovere, per fortuna. Il cielo è scuro di nuvole, il mare grigio fondo di pentola.

Mi guardo allo specchio, controllo le basette, un mese fa tre capelli bianchi mi hanno gettato nello sconforto. La ricognizione dà esito negativo, per oggi sono ancora giovane.

Fischietto, penso a Suleima già in viaggio per Bassano. Faccio una cosa che non scriverò mai: annuso le lenzuola per sentire ancora il suo profumo, e infatti lo ritrovo. Sono scemo, ma in privato.

Vediamo che dice Teresita, tanto per capire come butta la giornata.

¡Hola! ¿Dónde está la tienda de frutas?
E che ne so, bella mia, dove sta il negozio di frutta?
¿Quieres una naranja?
No, grazie.
¿Quieres una manzanilla?
Stamattina è ortofrutticola.
¿Así que quieres una alcachofa?
Ma che c'entrano i carciofi? La verità è che non ci si può fidare proprio di nessuno: quando ti aspetti una parola adeguata da chi ti è accanto, rimani sempre deluso, ricevi solo consigli inutili o banalità.

Si va in scena. Saverio Lamanna al Lido di Venezia ovverossia il cane in chiesa.

Controllo la rassegna stampa: oltre alle venti righe del «Manifesto» sulla birmana in ostaggio, è apparsa una foto di Amandine con tanto di spacco inguinale sul «Tempo». Niente di niente sul resto della stampa italiana. «Repubblica», «Corsera» e «Stampa» si dilungano con ampiezza di svolazzi su Woody Allen che ama l'Italia, ama Fellini, ama Antonioni, ama il brasato al Barolo, ama Soon-Yi, ama il jazz, e ama perfino la Provenza dove girerà alcune scene del suo prossimo lavoro. Del film che ha presentato a Venezia si capisce solo che è «il ritorno del migliore Allen, sia pur venato da crepuscolare solarità». Crepuscolare solarità?

Mi guardo allo specchio. Lamanna fai la tua figura.

Esco dalla camera, vado a bussare a Piccionello.

Oggi è vietato il casual outfit. Gli brucio le havaianas.

– Eccoci – la voce di Marina Tadde dietro la porta chiusa.

Eccoci? Già more uxorio dopo appena tre giorni.

- Ah, sei tu? - fa lei disgustata.
- No, sono Bruce Willis nella parte di Lamanna.
- Entra, Pinuccio sta finendo di vestirsi.
Pinuccio. Peppe Piccionello, immagino.
- Darling, c'è uno che dice di essere tuo amico - grida Marina verso il bagno.
- Digli di aspettare - risponde Piccionello.
Mi siedo sul letto.
Marina Tadde si aggira per la camera, sistema i vestiti di Piccionello, finisce di allineare dodici paia dodici di havaianas per gradazione di colore, ripiega le magliette nell'armadio. Riesco a notarne una ancora non sfoggiata da Peppe: «Be sicilian. It's difficult, not impossible».
- Avete già pensato al viaggio di nozze? - le chiedo.
- Idiota - fa lei senza guardarmi.
Bussano alla porta.
Spunta Fiorenza.
Ora scoppia la scenata, penso.
Macché. Fiorenza viene a posarmi un bacio sulla guancia. E mi sussurra in un orecchio:
- Si capisce che sei innamorato.
Fiorenza totalizza il massimo dei punti nella classifica «incontrarsi, conoscersi e dirsi addio». Prima di lei c'è solo un'altra con la quale dieci anni fa avevamo pomiciato tutta la notte sulla Freccia del Sud Milano-Agrigento e prima di scendere a Tropea mi aveva lasciato un biglietto: «Il treno passa una volta sola, ma se ritorni da queste parti fallo fischiare per me».
Marina Tadde ci resta male. Voleva la sceneggiata, issa, isso e 'o malamente. Ne approfitto per infierire.

– Che peccato conoscersi a Venezia, in luna di miele vi toccherà andare a Sclafani Bagni.

Fiorenza ride. Le donne che ridono così mi piacciono.

Si spalanca la porta del bagno.

– Ta-ta-tatà!

Piccionello in abito di lino bianco, panama in testa, camicia di cotone crudo, sciarpa color acquamarina, pochette ton sur ton. E havaianas turchesi.

Resto a bocca aperta.

Marina applaude, si avvicina a Peppe, lo mira e ammira, gli aggiusta la pochette, vieni avanti, fai due passi, perfetto, sei un bijoux.

– La classe è classe – si pavoneggia Piccionello.

– Chi ti ha dato il vestito? L'uomo del Monte? – gli faccio.

– No, l'amico di Harry Potter.

– Chi? – chiedo.

– Marina, spiega a Saverio chi è Giuda.

– Jude Law – fa Marina.

– Jude Law ti ha prestato il vestito? – sono esterrefatto.

– Sì, abbiamo la stessa corporatura. Si chiama Giuda, ma è un ragazzo a posto.

– Vabbè, si va? – fa Fiorenza.

In scena, dunque.

Io, la donna che non fu mai mia, Jude Piccionello e la bisbetica domata ce ne andiamo giù in ascensore, nel silenzio imbarazzato della cabina, senza conoscere a memoria la parte a noi assegnata.

27

– Può interessare? – chiede Enzo.
– Cos'è?
– La regista del film ha fatto arrivare un messaggio dalla Birmania attraverso il suo agente di New York.
– Cosa dice? – chiedo.
– Vincere e vinceremo.
– La diceva un altro e ha fatto una brutta fine. Fammi leggere.
– È in inglese – fa Enzo.
– Grazie della precisazione, pensavo fosse sanscrito.
– Non ti offendere, Saverio, io conosco solo il francese.
– Ho una ragazza mezza irlandese, capisco pure il celtico, ma non lo parlo.
Leggo la stampata della mail. *printout*
La libertà. L'arte. Il coraggio. L'Italia grande nazione. Il mondo della cultura. L'attenzione internazionale. Il riscatto dei popoli oppressi. L'Europa dei diritti.
– Solenni minchiate – commento.
– Considera che è prigioniera in Birmania – fa Enzo.
– Almeno si riposa. Io sono prigioniero in Italia e fatico.

– Cinico.

– Mi sopravvaluti, Enzo. Sono solo stanco. Dove sono gli altri?

– Amandine al trucco e parrucco. Arianna è andata a chiamare Gea. Alo non risponde al telefono, al solito.

– Bene. Siamo in perfetto ritardo. Prendiamo un caffè?

– Qui costa otto euro.

– Lo mettiamo sul conto di Gea.

– Io vado a cercare Arianna, se no mi fa una scenata.

– Mi piaci quando viene fuori il tuo spirito guerriero.

Enzo mi schiaccia un occhio. Questo giovanotto mi è sempre più simpatico.

Al bancone del bar ritrovo Piccionello attorniato da Marina, Fiorenza e uno stuolo di vestali.

– Maestro Pikonello, possiamo farci un selfie? – gli chiede una ragazzetta con accento tedesco.

Maestro Pikonello: giuro che non mi stupirò mai più di nulla.

Ordino un caffè, carico sulla camera di Gea e firmo con magno gaudio la ricevuta da otto euro.

Il barman è distratto. Sbaglia, mette sul bancone un decaffeinato. Risponde al telefono. Sbaglia ancora, prepara un caffè lungo e lento quanto l'acqua di cottura della scarola.

– So che lei è un professionista, ma non è necessario mostrare tutte le specialità della casa – dico.

– Scusi, sa. Con quello che è appena successo.

– Cosa? – chiedo.

Un incidente.

Quattro poliziotti si affacciano in terrazza. Non sanno bene cosa fare, si piazzano davanti al bar, uno si attacca al telefono.

Mi avvicino.

– Che succede? – chiedo.

– Hanno trovato una morta – dice un agente giovane.

– Lei chi è? – mi fa il più anziano, con un'occhiata truce al suo collega.

– In teoria un giornalista.

– E in pratica?

– Lavoro per la Movie Valley.

– Cos'è?

– Fanno film. Ha presente i quattro matti che vanno ancora al cinema?

– Faccia poco lo spiritoso. Documenti.

– Se vuole le do il mio pass, però non vale per le serate di gala.

– Lei ha voglia di scherzare.

– Ma che fa, scherza? Chi è la morta?

– Non posso parlare. Con un giornalista, poi...

– Stia sereno. Non scrivo su un giornale da vent'anni.

Afferra il mio pass appeso al collo, lo scruta attento.

– Di chi è questa società?

– Di Gea De Simone.

– Minchia – esclama il poliziotto giovane.

– Piacere, anche io sono siciliano – faccio.

– La smetti? – sibila l'anziano al poliziotto giovane.

Squilla il telefono. Sempre sul più bello.

– Randone, cosa vuoi? – chiedo tutto allegro.

– Te lo dico e poi ti sputo. Lamanna, mi ha appena

chiamato il collega da Venezia. Hanno trovato Gea De Simone morta.

– Cazzo – esclamo.

– Sei una cosa inutile, Lamanna. Un coglione, tanto per capirci. L'hai fatta ammazzare. Appena sbarchi a Palermo ti faccio arrestare con una scusa qualsiasi.

– Guarda che non l'ho ammazzata io – alzo la voce.

Ma Randone ha già chiuso la telefonata.

Il poliziotto anziano mi guarda. Il sospetto è l'anticamera della verità: lo leggo nei suoi occhi.

– Mi segua.

Lascio la terrazza in mezzo a due poliziotti. Per fortuna nessuno mi nota, sono tutti raccolti attorno a Piccionello che si lascia fotografare accanto a Luca Zingaretti.

Commissario Montalbano, confesso: ho ucciso Gea De Simone.

28

– Va bene, Lamanna. Mi basta così. Nelle prossime ore si tenga in zona, la chiameremo per il verbale.

Per fortuna il capo della mobile di Venezia è uno sveglio. Figlio di un commissario ucciso dalla mafia a Palermo negli anni Ottanta, è sbirro nel sangue. Quando mi hanno portato da lui, pensavo di finire in cella. Il poliziotto anziano voleva sapere come e perché avevo detto al telefono che Gea non l'avevo ammazzata io, visto che nessuno aveva ancora parlato di omicidio.

– Vitale, non allunghiamo il brodo. È chiaro che Lamanna era stato informato dal collega Randone – ha spiegato il capo della mobile al poliziotto che giocava a fare Auguste Dupin.

Ho scoperto così che Randone, per eccesso di premura, si era preoccupato di avvertire il suo collega di Venezia della presenza di Gea De Simone, credo anche per farsi bello con la sorella maggiore della povera Gea.

– Lamanna, se dovessimo sorvegliare tutti questi pazzoidi della Mostra del Cinema ci vorrebbe un esercito. Ne fanno più di Carlo in Francia. Meno male che dura solo dieci giorni – mi spiega il capo della mobile.

È infastidito: un delitto al Lido, con tutti i giornalisti italiani e stranieri presenti – pure se non capiscono niente di cronaca nera – è una rogna tale che dal Viminale ti fanno le palle a torroncino. Ma il caso è semplice. Lo è per me, pensa per uno sbirro figlio di sbirro.

– Lamanna, se questo Pereira Aloisi si fa vivo, ma mi sembra poco probabile, mi avverta. Tanto non può andare lontano. Non è mica Matteo Messina Denaro.

– Come è stata uccisa?

– Le hanno spaccato la testa. Era nella vasca da bagno. Crediamo verso le sei del mattino. Massacrata, poveraccia. Ci ha avvertito la sua assistente.

– Arianna.

– Esatto. Menichini Arianna. La Menichini aveva la chiave della suite. È entrata e l'ha trovata morta. Ha cercato di rianimarla, ma ormai non c'era niente da fare. E ha avvertito il 113. La chiamata è delle nove e qualcosa.

– Nove e dodici minuti – dice Vitale, il poliziotto anziano.

– Bravo Vitale. Nove e dodici minuti.

Nel corridoio c'è un gran via vai di agenti, clienti, personale dell'albergo.

– Avrei dovuto stare più attento – sospiro.

– Lamanna, cosa poteva fare? Purtroppo è andata così.

– Quello stronzo.

– Lamanna, è solo questione di tempo. Lo prendiamo.

– Appena lo arrestate, caricatelo di bastonate.

– Lamanna, le sembra che siamo la polizia di Pinochet?

– Visto che ogni tanto la tendenza cilena vi scappa,

come a Genova, magari potete rifarlo all'occorrenza e con buone ragioni.

– Lamanna, lei è molto scosso.

– Veramente sono molto incazzato. Con me stesso.

– Appunto, faccio finta di non avere sentito.

Il capo della mobile rientra nella suite di Gea dove i tecnici della scientifica, carichi di valigette d'alluminio, stanno indossando le tute antisettiche.

Dalla porta socchiusa, intravedo Arianna con il vestito sporco di sangue. Piange seduta su un divanetto di vimini. Mi fa quasi pena.

29

– Mio Dio – singhiozza Enzo.
– My God – dice Amandine.
– Dio mio – Enzo si asciuga le lacrime.
– My God – ripete Amandine senza espressione.

L'anteprima del film è stata annullata. Credo che Amandine sia dispiaciuta soprattutto per questo, non sembra gliene importi molto di Gea De Simone. Si era messa in tiro, due ore di trucco e parrucco, spacco vertiginoso, nude look, tacco a strapiombo, e ora tanta abbondanza è destinata a rimanere lontana dai teleobiettivi dei fotografi. Che sciupio.

– Ma com'è possibile? – esclama Enzo.
– Così – gli faccio.
– Non dici niente? – mi fa.
– Enzo, cosa devo dire?
– Qualunque cosa. Toccava a te, no?
– L'avevo avvertita. Gea sapeva che doveva stare lontano da quella carogna. Che dovevo fare di più?
– Lo ammazzavi – singhiozza Enzo.
– Ci ha provato. Ma non è morto abbastanza – ringhia Piccionello, davanti alla tivvù accesa senza audio.

Sullo schermo scorrono le immagini del nostro albergo e il serpentone delle ultime notizie: «Mostra Venezia, donna morta, sospettato fidanzato in fuga».

– My God – sospira inconsolabile Amandine, mentre il suo monolite jamaicano legge mail sull'iPhone.

– Non la sopporto più – dico a Piccionello.

– Poveraccia, le hanno guastato la festa. Devi capire.

– Effetti indesiderati dell'omicidio.

Il telefono. Suleima.

– Saverio, sto guardando la tivvù.

– Hai visto?

– È spaventoso.

– Lo so.

– Dovunque vai c'è sempre un morto.

– Non dirlo. Penseranno che porto sfiga.

– Forse è vero.

– Non è così. Ma ho grande intuito per le storie tragiche.

– Hai voglia di scherzare?

– Suleima, ho voglia di piangere. Dovevo proteggerla e l'ho fatta ammazzare.

– Non potevi proteggerla. Non toccava a te.

– Toccava a me. E sono stato un coglione.

– Allora prendi quello stronzo e fallo sbattere in galera.

– Come se fosse facile.

– Saverio, hai fatto anche di meglio.

– Peggio di così mai.

– A che ora è successo?

– La polizia dice verso le sei del mattino.

– Quando sono andata via io. Che impressione.

– Sì, più o meno.

– Nel corridoio c'era una.
– Una chi?
– Non lo so. Non l'ho guardata bene.
– Questo è un porto di mare. Mi manchi.
– Anche tu. Se vuoi torno a Venezia.
– No, presto andremo via tutti.
– Vuoi passare?
– Da te? Da Bassano? Papà, mamma, ecco Saverio. No, grazie.
– Pensaci. Ti voglio bene.
– Ne ho bisogno.

Chiudo la telefonata.

In tivvù intervistano il direttore della Mostra del Cinema. La scritta dice: «Un minuto di silenzio in tutti i cinema d'Italia contro il femminicidio».

– Gea De Simone è diventata statistica criminale – faccio.
– Cosa dici? – chiede Piccionello.
– Niente. Che c'entra il femminicidio? Hanno ammazzato una persona, mica una categoria.
– Giornalisti – fa Piccionello.
– Già, giornalisti. Gente inutile.

Vado in bagno. Magari lì riesco a piangere o, almeno, a dare una testata contro il muro.

30

Non avrei dovuto insistere. L'ho detto tanto per dire. Ma il capo della squadra mobile mi ha preso in parola. Quando mi introduce nella camera mortuaria non posso più tirarmi indietro, l'ho chiesto io.

Gea sul banco di ferro delle autopsie. Dal lenzuolo spuntano i piedi. Perfetti, ma morti.

– Lamanna, se la sente? – chiede il capo della mobile.

– Ci sono abituato – mento.

Non è vero.

Questa potevo evitarla. Così imparo.

Aveva ragione mia madre: Saverio, hai più parole che coraggio.

Il capo della mobile scopre il volto di Gea.

È grigia. Una ferita di sangue nero sulla tempia deforma l'occhio destro.

Il labbro è spaccato.

– È morta per questa? – addito il grumo di sangue scuro sul sopracciglio.

– No, il colpo le ha fatto sbattere la nuca contro il bordo della vasca. È stato molto violento, le ha rotto il collo.

– È morta subito?

– Non lo sappiamo ancora. Quando è arrivata la sua assistente, che ha tentato di tirarla fuori dalla vasca, era deceduta da più di un'ora.

– Può ricoprire.

– Lamanna, poteva dirlo se non se la sentiva.

– Non si preoccupi. Sono abituato. Ho fatto il cronista di nera per tanti anni.

Non è vero.

– Come è stata colpita? – chiedo.

– Probabilmente con un oggetto pesante, forse un posacenere o un vaso.

– L'avete trovato?

– Ancora no. Ma in una camera d'albergo come si fa a sapere cosa c'era e cosa non c'era? È pallido, Lamanna. Meglio se usciamo a prendere aria.

– Sì, forse è meglio.

Fuori c'è odore forte di laguna, tanfo di acque morte.

– Vuole una sigaretta? – mi mette davanti il pacchetto di Marlboro rosse.

– In verità ho smesso. Sì, ne accetto una.

– Lei forse si è abituato ai cadaveri, Lamanna. Io ancora non ci riesco, dopo dodici anni di questo mestiere.

– Dottore, posso farle una domanda?

– Se ci diamo del tu non è meglio?

– Va bene. Hai fatto il poliziotto per tuo padre?

– Credo di no. O forse sì.

– Io non avrei avuto il coraggio.

– Io magari l'ho fatto per mio padre, per dare un senso alla sua morte. Tu non lo avresti fatto. Come vedi, il risultato non cambia. È sempre colpa dei padri.

– I parenti di Gea?
– Sta arrivando la sorella, da Roma.
– Mi gira la testa, forse perché non fumavo da tre mesi.
– Vuoi sederti?
– Notizie di quello stronzo di Pereira?
– Nessuna. Ha lasciato la camera, si è portato via tutto. È scappato.
– L'avrei fatto anch'io.
– Il fuggiasco è un mestiere difficile, Lamanna, non si improvvisa.
– L'aveva già picchiata giorni fa.
– Lo so. Ce l'ha raccontato l'assistente.
– Arianna.
– Esatto. È molto provata la ragazza. I medici le hanno dato dei calmanti.
– Come ti trovi a Venezia? – provo a cambiare discorso.
– Ci sto da quattro anni. Come fa a non piacere?
– Ti piace veramente?
– Deve piacere. Lo dicono tutti, no?
– È vero. Lo dicono tutti.

31

Il mare è d'acciaio. A Màkari non l'ho mai visto così.

Fumerei venti Marlboro rosse, una spegni e l'altra accendi. Vado a cercare nella borsa l'avanzo di toscano di Sharon Stone.

Verso nel bicchiere una mignon di Ballantines e torno sul terrazzino della camera.

Fa pure freddo, maledetto Adriatico. È mare, questo? A me non pare.

Il mezzo toscano tira male. Il Ballantines non mi piace. Venezia non mi piace. E nemmeno il film di Gea De Simone mi piace.

Come fa a non piacere Venezia? Lo dicono tutti.

Avanza dal mare una coperta di nuvole scure.

Lo dicono tutti.

Bussano alla porta. È Piccionello. Entra, si guarda attorno.

– Perché non torniamo a Màkari? Che facciamo qui?

– Peppe, a te piace Venezia?

– Come fa a non piacere? Lo dicono tutti.

– E tu che dici?

– Dico che è meglio tornare a Màkari.

– Se non prendono la merdaccia di Pereira io non torno.

– E chi paga? – fa Piccionello indicando col dito la camera d'albergo.

– Non è un problema.

– Saverio, cosa ti sei messo in testa?

– Niente, perché?

– Siamo venuti per fare un lavoro. È andato tutto male. Non ci paga nessuno e facciamo pure la figura degli stronzi.

– Io faccio la figura dello stronzo. Tu che c'entri?

– C'entro perché sono venuto con te, perché sono tuo amico e perché quella ragazzina è stata ammazzata mentre noi facevamo i fessi.

– Se vuoi tornare a Màkari puoi farlo subito. Vuoi i soldi del biglietto? Eccoli – e tiro fuori cinquanta euro dalla tasca.

– Sei un coglione, Saverio. Prima non ero sicuro, adesso sì.

– Ah, il coglione sono io? Invece tu che giocavi a fare Orson Welles? Il maestro Piccionello, le scarpe colorate, Piccions di qua e di là, le foto su instagram, il tappeto rosso. Peppe, non capisci? Ti pigliàvano per il culo. Il mondo vero è altrove, dove le persone si svegliano la mattina, portano i figli a scuola, litigano con le suocere, pagano il mutuo, si addormentano davanti alla tivvù. Qui invece è tutto finto, è tutto cinema, tutta ipocrisia. E tu ci sei cascato, hai creduto alle ombre nella caverna. Se leggevi Platone eri meno coglione.

– Tu sei bravo, Saverio. Tu hai studiato. Sai parlare bene, dici cose che io nemmeno le capisco. Ma quello finto sei tu. Ti avvolgi nelle parole, fai intendere che hai visto tutto, che conosci tutti. Ma la verità è che hai paura, Saverio. E lo sai cosa ti spaventa di più? La gente.

– Fai psicologia da caffè.

– Lo vedi? Te ne esci sempre con una battuta, perché non sai ascoltare le persone, perché stai sempre a guardare dall'alto in basso: quello è cretino, quello è idiota, quella è scimmunita. Puoi parlare solo col computer che ti dice le cose in spagnolo e tu rispondi come il merlo indiano. Ma quando ti succede qualcosa, qualcosa di vero, allora che fai? Ti cachi sotto. Come con Suleima.

– Che cazzo c'entra Suleima?

– C'entra. La picciotta è innamorata di te, ancora non si capisce il perché, e tu che fai? Scappi via, ti atteggi a fare James Bond con tutte quelle che passano. Perché non ammetti che non puoi campare senza di lei?

– Suleima non c'entra niente.

– C'entra tutto, Saverio. Perché sei un presuntuoso. Se non eri presuntuoso non ci trovavámo qui e non vedevámo morire Gea.

– Sarebbe morta comunque, anche senza di noi.

– Ma ci avevano chiesto di farla campare. E invece è morta. Quindi sei presuntuoso perché ti sei preso un carico che non potevi tenere sulle spalle. E ora vuoi restare per metterti la coscienza a posto. Va bene, aspettiamo fino a quando arrestano quella fogna umana. Quanto? Un giorno? Un mese? Tre anni?

– Il tempo che serve. Voglio invecchiare a Venezia.
– Bravo. Continua così. Le studi prima o le spari a minchia? Lo sai come si chiamano dalle mie parti quelli come te? Mercanti di buccia d'uova. Coppi di fumo. Afferracazzi nell'aria.
– Non esagerare. Ti può scoppiare la fantasia.
– Scherza. Ridi, Saverio. Fai finta che l'acqua ti bagna e il vento ti asciuga. Ma la vita ti fa più paura della morte, Saverio. E quando incontri un po' di vita, ti giri dall'altra parte e dici una delle tue minchiate. Sei spiritoso, vero? Così pensi che tutto ti scivola addosso. Ma la vita ti bagna sempre, Saverio, pure se apri l'ombrello.
– E con l'ultima spettacolare immagine in technicolor puoi andare a fare in culo.
– A bello cuore, Saverio. Io almeno da qualche parte ci vado. Tu resta qui a pensare, così la prossima frase ti viene meglio.
– E allora vai veramente a fare in culo, in Italia e pure all'estero.

Piccionello si volta e se ne va. Lo vedo uscire di furia, dietro le spalle ha una scritta rossa: «Do you miss Sicily? Prendila così, non possiamo farne un dramma».
– Le tue magliette sono ridicole – grido – tu sei ridicolo.
Ma ha già sbattuto la porta e non può più sentirmi.
Là fuori è subito sera, nera di pioggia e di tristezza.

32

– Signor Lamanna.

La bionda alla reception sorride. Vorrà presentarmi il conto.

– Hanno lasciato un messaggio per lei.

Mi passa un biglietto piegato in due.

«La ringrazio. E mi dispiace molto per quanto accaduto. A. Mancini».

Mancini, avevo dimenticato. E non me ne frega più niente.

– Ciao Saverio – mi sento salutare alle spalle.

– Mimmo Calopresti, che ci fai qui? – mi accorgo di aver detto la prima fesseria del mattino. Fuori posto sono io, non certo Mimmo.

Qualche anno fa Calopresti mi aveva chiesto un elicottero in prestito per le riprese di un documentario. Io lavoravo al Viminale e, modestamente, con tre mail e due telefonate potevo fare alzare in volo un Agusta Bell della polizia. Poi non ho più saputo se Calopresti ha fatto il film, immagino che l'elicottero sia ancora sulla pista in attesa del mio ordine di decollo.

– Sono venuto a vedere il film di Matteo. Ma sto tornando a Roma, quest'anno c'è brutta aria al Lido – dice Mimmo.

– A chi lo dici.

– Ho letto il giornale. Sei sicuro che è stato il fidanzato?

– Non ho parlato con nessun giornale.

– Allora ti hanno tirato uno scherzo. Sul «Fatto Quotidiano» c'è la tua dichiarazione.

– Cosa dico?

– Che avevi litigato con lui qualche giorno prima perché alzava le mani sulla ragazza.

– Io non ho detto niente. Saranno stati gli sbirri a parlare con i giornalisti.

– Ciao Saverio, è tardi. Devo partire. Ci rivediamo.

Bene. Sono l'accusatore numero uno di Pereira. Ma in fondo, che male c'è? Ho raccontato solo la verità. Magari era meglio non ritrovarla schiaffata in edicola il giorno dopo. Ma è la stampa, bellezza. Funziona così. Mi consolo al pensiero che i giornali ormai vengono letti da sparute minoranze etniche.

Mentre vado in terrazza incontro una troupe televisiva. Conosco il giornalista, giro la faccia e tiro dritto, ma non riesco a cavarmela.

– Lamanna, cercavo proprio te.

Com'è che tutti quelli che mi cercano, prima o poi, mi trovano?

– Onga, cosa vuoi?

Alessandro Ongarato lavora per Mediaset, nel secolo scorso abbiamo frequentato assieme il corso di preparazione a Fiuggi per l'esame da giornalisti.

– Lamanna, cosa posso volere? Mi ripeti la tua testimonianza per il tg?

– Quella del «Fatto Quotidiano»?

– Sta su tutti i siti. Ce l'ha pure «Il Gazzettino». L'hai già detta alla stampa, basta che ripeti davanti alla telecamera. Ti faccio perdere qualche minuto.

– Onga, non ho fatto nessuna dichiarazione.

– Vabbè, a qualcuno l'avrai detto. Sei pronto? Lamanna, lei aveva litigato nei giorni scorsi con l'attore Aloisi Pereira perché aveva picchiato Gea De Simone?

– Sì, avevamo avuto una discussione abbastanza animata.

– È convinto che l'assassino sia l'attore Pereira?

– Non lo so.

– Ma sospetta che sia stato lui?

– Non sospetto niente.

– Una lite finita male?

– Potrebbe essere.

La telecamera si spegne.

– Lamanna, sei stitico.

– Onga, non ti lamentare. Per oggi hai portato la pagnotta a casa.

– Occhei, Saverio. In terrazza c'è la sorella della morta. Ci ha cacciato via.

– Ciao Onga, grazie dell'avvertimento.

– Non è che adesso parli con tutti i tg?

– Mi basti e avanzi. Hai l'esclusiva.

– Riguardati, sei un po' invecchiato.

– Incontrami tra dieci anni, ti sorprenderò.

In terrazza tira vento mesto dal mare.

181

Eccola: occhiali scuri, la stessa fisionomia di Gea, ma con alcuni anni di vita in più e rughe ben spianate dal botulino. La sua sorellina invece resterà per sempre una ragazza sboccata, con i piedi perfetti e senza macchie di vecchiaia sulla pelle.

Mi preparo la faccia di circostanza, seppure non ne abbia bisogno: la mia fa abbastanza schifo dopo la brutta nottata a rigirarmi nel letto.

Mi preparo a venir respinto in malo modo. Sarebbe il minimo.

Enzo appoggiato alla balaustra mi saluta con la mano, gli occhi rossi e una cera peggiore della mia. Arianna, protetta da un paio di Vogue neri enormi, non vede o fa finta.

– Flaminia, questo è Saverio Lamanna – mi presenta Enzo.

Ora mi sputa, penso.

Si toglie gli occhiali scuri.

Ora mi sputa, penso e abbasso lo sguardo.

Si avvicina. E mi sputa.

No, mi butta le braccia al collo e piange sulla mia spalla.

– Grazie, Saverio. So cosa hai fatto per Gea.

– Dovevo fare di più – sento la mia voce che si rompe.

– Nessuno poteva fare di più. Temevo che sarebbe andata così. Tu hai fatto il possibile.

Non rispondo e comincio a singhiozzare.

Sono un coglione, penso.

Enzo singhiozza pure lui.

Sono un gran coglione, ha ragione Piccionello.

Mi sembra un film di Gabriele Muccino, dove tutti piangono e si abbracciano sotto la pioggia.
– Piove, è meglio che entriamo dentro – fa Arianna.
Finalmente una cosa giusta.

33

Sfoglio i giornali. Un successone. Siamo su tutte le prime pagine.

La pioggia ha svuotato la spiaggia e il Lido.

Sotto i gazebo sgocciolanti delle postazioni televisive le telecamere inquadrano il tappeto rosso fradicio d'acqua, mentre tecnici e cameramen mangiano pizza a taglio seduti sulle casse delle attrezzature.

Riparati da un balcone, tre imbianchini si danno di gomito quando passa qualche starlettina straniera con le gambe nude e pallide. Invidio la classe operaia, ha cose concrete di cui occuparsi e per giunta va in paradiso.

Mal protetto da un ombrellone del Lion's Bar, tento di riprendere appetito con un club sandwich, centrifuga di carote e caffè al modico prezzo di quattordici euro e sessanta centesimi.

Sul «Corriere.it» hanno messo pure il trailer di *Nutellah Dark Park*. «Omicidio De Simone, nel film la premonizione della sua morte», hanno titolato. Premonizione? Non ce la vedo. Ma al sito del «Corriere» sono di certo più intelligenti di me.

Il telefono.

– Lamanna? Chiamo dalla redazione di Marzullo, abbiamo il set qui al Lido. Vorremmo ospitare per la puntata di stasera qualcuno degli attori del film.
– Quale film?
– *Nutella Park*.
– *Nutellah Dark Park*. Nutella con l'acca.
– Esatto. Potete mandarci qualcuno degli attori?
– Una è muta. L'altro è latitante. fugitive
– La regista?
– Detenuta in Birmania.
– Che sfiga.
– A chi lo dice.
¿Dónde nace la lluvia?
Teresita è partita sua sponte. Chi la ferma più?
– Allora, non è proprio possibile avere qualcuno in trasmissione?
– Sentiamoci dopo, scusi. Mi stanno chiamando dalla Spagna.
¿Dónde nace la lluvia?
– Non so – rispondo.
Un gocciolone cade a intervalli regolari sulle pagine aperte della «Stampa» e sbava la foto di Gea De Simone rubata da facebook.
¿Dónde nace la lluvia?
– Datti una calmata, Teresita. Non lo so.
Devo eliminare quest'app. Non serve a niente. Nemmeno per aprire un chiosco di granite a Formentera. Dice solo cazzate. tenderness
La lluvia tiene un vago secreto de ternura,
algo de soñolenciu resignada y amable.
sleepines

Spengo il tablet, è meglio.

Telefono. Numero sconosciuto.

– Buongiorno. Saverio Lamanna? Chiamo dalla redazione di «Pomeriggio Cinque». Noi oggi faremo un collegamento dal Lido di Venezia per seguire il delitto di Gea De Simone. Potrebbe venire in diretta qualcuno della famiglia? O anche lei, se preferisce.

– Per parlare di cosa?

– Di Gea De Simone. Per un ricordo.

– Voglio però ricordarti com'eri, pensare che ancora vivi, voglio pensare che ancora mi ascolti e che come allora sorridi.

– Proprio così. Quindi è disponibile?

– No, non posso. Sto partendo per Formentera.

Mi faccio portare un altro caffè. Il club sandwich l'ho lasciato a metà: troppa rucola spegne l'appetito.

Ancora il telefono. Chi è adesso?

– È la segreteria della mostra. Come lei sa la proiezione di ieri è stata annullata per i noti fatti.

– Sì, molto noti.

– Ecco, si pensava di organizzare una proiezione speciale in chiusura, in Sala Grande, per rendere omaggio alla povera Gea De Simone.

– Gea però non potrà esserci.

– Evidentemente.

– Secondo lei, è meglio morti in Sala Grande o vivi in Sala Pasinetti?

– Non capisco la domanda.

– Ci pensi e mi faccia sapere.

Un successone. Ci avevano sbattuto nella saletta

da novanta posti, ora ci meritiamo la sala da mille poltrone.

– Gea, hai vinto il festival – grido verso il cielo. Chissà se lassù qualcuno mi sente.

Ancora il telefono. Ora bestemmio.

– Chi cazzo è?
– Saverio.
– Papà, sei tu?
– Stai bene?
– Così così.
– Ho visto il telegiornale. Parli sempre assai.
– Non ti ci mettere pure tu, papà.
– Quando torni da Venezia?
– Non lo so.
– Là che tempo fa?
– Piove.
– Qui c'è scirocco. Trentotto gradi. Sta passando Mimì: mi porta a Gangi, nel villino di sua moglie.
– Bene. Così state freschi.
– Poi ho letto il libro. Non è male.
– Non è male. Allora non è nemmeno buono?
– Secondo me puoi scriverne uno più buono.
– Più buono come?
– Hai presente quelli di Carofiglio?
– Ho presente.
– Come quelli.
– E allora leggi Carofiglio.
– Infatti li ho letti tutti.
– E rileggili.
– Saverio, ti sei offeso?

– No, papà. Sono solo un po' stanco.

– Non è colpa tua, Saverio. Quello che è successo, voglio dire. Non è colpa tua.

– Lo so, papà. Grazie.

– Non tornare se prima non prendono quello lì. Altrimenti non ti passa più.

– Lo penso anch'io.

– È che noi siciliani ci sentiamo sempre colpevoli di qualcosa.

– Di cosa?

– Di essere siciliani, immagino. Ciao Saverio, c'è Mimì al citofono. Il tuo libro però non è male.

– L'hai già detto, papà. Ciao.

Vedo avanzare Piccionello, incurante della pioggia. Ci manca solo lui. Un'altra discussione non la reggo. Gesticola da lontano.

Si appoggia al tavolino del bar, affannato.

– Saverio, dov'eri finito? Hai il telefono sempre occupato. Forse c'è un modo per prendere la carogna. Ricordi la spaghettona?

34

– Allora, quando vuoi, sei capace di vestirti come un cristiano normale?

– Tu invece sei incapace di dire una cosa intelligente.

Incasso, non è il momento di riaprire una questione con Peppe. Certo però è un Piccionello inedito con jeans Levi's, un paio di Superga d'epoca, polo verde e sahariana di tela kaki.

– Dove li tenevi? In freezer?

– Cosa?

– Questi vestiti.

– Saverio, sei capace di stare zitto per più di sei minuti?

– Va bene. Dov'è la spaghettona?

– All'Hotel delle Palme.

– A Palermo?

– Lo sapevo che dicevi così. C'è un Hotel delle Palme pure qui.

– La globalizzazione è dappertutto.

Una villetta bianca. E ci sono pure le palme. Almeno cinque, mentre a Palermo ne sono rimaste solo due striminzite.

– L'ho vista entrare qui.

– E come sai che ha una camera? Magari è venuta a trovare qualcuno.

– L'ho chiesto.

– L'hai chiesto?

– Te l'ho già detto, non mi segui. Stamattina sono uscito presto dall'albergo, non riuscivo a dormire, la testa mi macinava appresso alle tue coglionate.

– Le mie coglionate? Vabbè, lasciamo perdere. Continua.

– Passeggiavo con le mani in tasca.

– Sotto la pioggia?

– Perché, è vietato?

– No, vai avanti. Per fortuna ha smesso.

– A un certo punto davanti a me c'era una ragazza. Un po' spaghettona, ma si faceva guardare. E così, senza pensarci, le stavo dietro...

– Senza pensarci, con gli occhi sul culo.

– Saverio, mi fai perdere il filo. Ha girato l'angolo e mi sono accorto che era l'amica di Alo Pereira.

– Irene.

– Bravo, avevo scordato il nome.

– Tu sei il braccio, io la testa.

– Di minchia. Allora ho pensato: vuoi vedere che questa magari sa dov'è finito il carognone? L'ho seguita, l'ho vista entrare in albergo. Ho aspettato un po', poi sono entrato anch'io e ho chiesto se la signorina alloggiava lì perché dovevo consegnarle un pacco. Il portiere ha confermato. Poi, con un furbissimo stratagemma, mi sono dileguato.

– Qual è il furbissimo stratagemma?

– Ho detto: vado a prendere il pacco dal furgone.
– Ma chi sei, Mandrake?
– E sono venuto a cercarti.
– Bene. Adesso dobbiamo solo aspettare che la spaghettona esca. Tieni, prendi un giornale, mettiti dall'altra parte della strada. Fai finta di leggere.
– Guarda che so leggere.
– Meglio fingere, sennò rischi di addormentarti sull'editoriale del «Sole-24 Ore». Anzi, no. Lascia perdere il «Sole», non ti si addice. Prendi questo.
– Ma non mi piace.
– Fai finta che ti piace.

Sprazzi di sole accendono le pozzanghere ai bordi di via Dandolo.

Mi appoggio a una Yaris blu. Ora una sigaretta sarebbe perfetta. Cerco nelle tasche l'avanzo di toscano. Niente.

Attacco le cuffiette al telefono, sparo a tutto volume *Cucurrucucu*.

Le serenate all'istituto magistrale
nell'ora di ginnastica o di religione
per carnevale suonavo sopra i carri in maschera
avevo già la Luna e Urano nel Leone.

Non passa un'auto.
Gli unici veneziani con la patente sono gli abitanti del Lido, hanno l'automobile per girare dentro quattro chilometri quadrati. È come l'autoscontro, non puoi uscire dalla pista.
Piccionello fa gesti dall'altra parte della strada.

Tolgo le cuffiette.
- Che vuoi?
- Ha fatto una brutta fine.
- Chi?
- Il vecchio. Gustavo.
- È morto, lo so.
- Non si capisce bene perché.
- Non ce l'ha fatta, troppa bellezza.
- Non è che il Lido di Venezia porta male?
Rimetto le cuffiette.
L'ira funesta dei profughi afghani
che dal confine si spostarono nell'Iran.

Ecco la lasagnona.
Mi acquatto dietro la Yaris, facendo la mossa di allacciare una scarpa. L'ha vista anche Piccionello.
Aspettiamo che scivoli via, lungo la strada deserta. Appena sta per voltare l'angolo, Piccionello mi raggiunge.
- Saverio, che facciamo?
- Vediamo dove va.
Proviamo a pedinarla. Faccenda banale per Starsky e Hutch, ma difficile per noi. Ma lei non è certo Mata Hari, così dopo poche centinaia di metri è chiaro che basta tenersi a distanza e seguire la testa che svetta sui passanti.
La cosa diventa ancora più semplice quando la spaghettona sbuca nel Gran Viale. È facile mimetizzarsi tra la gente.
- Hai visto? È entrata da Oviesse – dice Piccionello stringendomi il braccio.

– E allora?

– Una così mica si veste da Oviesse. Sta comprando qualcosa per il fituso, sicuro.

– Sherlock Holmes, vuoi darti una calmata?

– Dio mio!

– Che succede adesso?

– Ci sono Marina e Fiorenza. Entra nel bar, non ci facciamo vedere – mi spinge dentro.

– I signori desiderano?

I camerieri sono sempre solerti quando non serve.

– Due caffè – dico, piazzandomi alla vetrina per controllare Oviesse.

Faccio un passo indietro quando sfilano davanti al bar Marina e Fiorenza. Rallentano, si fermano, Marina risponde al telefono, con la mano dice a Fiorenza: entriamo lì.

Che combinazione, che fatalità.

– Ma dai, voi qui?

– Il mondo è piccolo.

– Il Lido ancora più piccolo.

– Saverio, dovunque sei tu spunta un morto – fa Marina, appena chiude la telefonata – ho il sospetto che organizzi omicidi per scriverci sopra i tuoi libracci.

– Marina, vuoi essere la vittima del mio prossimo giallo?

– L'hanno preso quel delinquente? – chiede Fiorenza.

– Ancora no, ma non va lontano – le dico.

– Deve marcire in galera.

– Lo spero. Marina, non dici niente al tuo Piccionello in abiti borghesi?

– Sono offesa con lui – fa Marina.

– Piccions, cosa hai fatto alla dolce signora Tadde? – provoco sorbendo il caffè, un occhio all'Oviesse e l'altro alla scollatura di Fiorenza.

– L'altra sera ho bussato alla sua camera per dargli la buonanotte e non mi ha aperto – dice Marina – volevo confortarlo un po'.

– L'avevo già confortato io – faccio.

Piccionello sta sulle sue, appoggiato al bancone, lo sguardo all'Oviesse oltre le vetrine del bar.

– Vedi come fa? Voi siciliani siete tutti uguali.

– Non cominciamo a offendere – dice Piccionello – io non sono siciliano, sono di Màkari.

Irene sta uscendo dall'Oviesse

– Ragazze, si è fatto tardi, caffè pagato.

Lascio dieci euro sul banco e trascino via Piccionello.

– Aspetti, lo scontrino – grida il cameriere.

– Lo conservi, tra qualche anno passo a riprenderlo.

Irene si ferma per chiedere indicazioni. Si addentra in una strada laterale. Scompare dentro un negozio.

– Avviciniamoci – fa Piccionello.

– Attenti, ci conosce. Vado da solo. Insieme siamo sospetti.

Faccio venti passi. È una bottega di alimentari. Torno da Peppe.

– Che ci fa in un negozio di alimentari? Sta comprando qualcosa per il pezzo di fango, sicuro – sussurro.

– Ha parlato il commissario Maigret.

– Una che sta in albergo mica cucina la pasta con le zucchine.

– Magari ha bisogno di una bustina di zafferano.
– Di zafferano? Peppe, ma quante minchiate dici?
– Sta uscendo, togliamoci di mezzo, presto.

Irene attraversa il Gran Viale, riprende la strada verso l'albergo. Regge tre buste, non grandissime. Si intuiscono due bottiglie d'acqua, una confezione di crackers, un pacco di scottex.

– Ma che fate? Giocate a nascondino? – la voce di Fiorenza alle nostre spalle.

– Vi guardavamo dal bar. Sembrate due matti – incalza Marina.

Vediamo la testa di Irene sparire dietro una siepe di alloro.

Marina Tadde prende Piccionello sottobraccio.

– Dai, Piccions, facciamo pace – e gli dà un bacio sulla guancia.

– A te baci non ne do – mi sussurra Fiorenza all'orecchio – mi è già bastato una volta.

Il telefono.

– Cucù, indovina chi sono?
– Suleima – esclamo.
– Che fai con la solita strappona?
– Chi?
– Quella che ti sta accollata come una cozza.
– Ma come fai?
– A volte ritornano. Voltati.

Mi giro e la vedo, appena scesa dal vaporetto. Il borsone sulla spalla, la gonna corta, gli anfibi slacciati.

– Corri, una così non aspetta – dice Fiorenza.

Ci sono donne che uno dovrebbe sposarle. Tutte.

35

– Ma come fai?
– Cosa dici? – risponde da sotto la doccia.
Disteso sul letto spizzico il corpo di Suleima dalla porta aperta del bagno.
– Dico: come fai a spuntare al momento giusto?
Chiude l'acqua, raccoglie l'asciugamano, si lascia dietro impronte bagnate.
– Non ho sentito una sola parola. Ripeti.
– Niente.
– Sono una strega.
– Allora hai capito?
– Sì, ma mi piace sentirtelo dire.
– Stregoneria o Piccionello?
Sorride senza rispondermi, si gira, va davanti allo specchio.
– Allora? – chiedo.
– Piccionello non c'entra.
– Non mi fido di voi due.
– E fai bene.
Suleima si mette sulla punta dei piedi. Penso ai piedi di Gea, freddi e morti. Non è un bel ricordo.
– Si muoverà di notte – dico.

– Chi?
– Irene, la spaghettona.
– Sei sicuro?
– Sicuro no, ma vale la pena di tentare.
– Hai un'idea?
– Veramente sì, ma non so se fidarmi.
– Certo, non vedi? Sono nuda e sincera – e lascia cadere l'asciugamano a terra.
– Rivestiti, mi confondi le idee.
– Come sei sensibile.
– La carne è forte, ma lo spirito è debole.
– Dai, parla – salta in ginocchio sul letto.
– Io e Piccionello siamo sospetti. Due uomini fermi in una strada, di notte. E poi Irene ci ha già visti. Tu sei una ragazza, la spaghettona non ti conosce.
– E io non conosco lei.
– Hai presente una cavallona di quasi due metri?
– Saverio, ma che idea è?
– L'unica. Io e Piccionello stiamo in zona, appena tu la vedi uscire ci avvisi e poi ci pensiamo noi.
– Mi sembra una cazzata.
– Suleima, hai detto tu che devo prendere il malacarne.
– L'ho detto.
– E allora aiutami.
– E se lo trovi?
– Chiamo la polizia e lo faccio arrestare. Fine della storia.
– Quando dovremmo fare 'sta sceneggiata?
Guardo fuori dalla finestra. È ancora chiaro.

– Appena fa buio.
– Allora abbiamo tempo.
– Il tempo c'è. Ma la voglia? – dico accarezzandole la schiena.
– Ora te la faccio passare.
– Non è la risposta giusta.
– Ho un ritardo di una settimana.
– Siamo tutti in ritardo.
– Saverio, smettila di dire castronerie. Ho un ritardo. Hai presente le cose che vengono alle donne ogni mese?
– Cazzo – mi alzo a sedere sul letto – e lo dici così?
– E come devo dirlo? Con la fanfara dei carabinieri?
– E cosa si può fare?
– Aspettare.
– E se?
– E se. Ne parliamo quando non c'è più il se.
– Una carriera rovinata sul più bello.
Suleima mi stende sul letto, sale a cavalcioni.
– Saverio, sei uno stronzo.
– Sono un uomo finito.
– Questo lo stabilisco io.
Forse non sono ancora del tutto finito.

36

– Sto attronzando dal freddo – trema Piccionello.
– A settembre? Non sei abituato.
– Ha parlato l'esploratore dell'Antartide.
– Io non sento freddo.
– Tu non vuoi mai dare soddisfazione, è un'altra cosa.
– Non ricominciare, Peppe.

Non ho voglia di litigare, e tira vento di tramontana sul vaporetto che risale il Canal Grande. Stando a poppa, per non farci scoprire da Irene, la teniamo d'occhio da dietro i vetri: seduta all'interno, si porta dietro un borsone del Roman Sport Center pieno di roba.

Suleima ha eseguito il compito alla perfezione. Appena ha avvertito che la spaghettona stava uscendo dall'hotel, l'ho rispedita in camera con mille raccomandazioni di non affaticarsi e di non preoccuparsi e di stare tranquilla.

– Com'è questa premura? – ha ironizzato Piccionello.
– Con l'età divento apprensivo.
– Non mi persuadi.
– E allora fatti una camionata di cazzi tuoi.

Se fossi veramente bravo dovrei descrivere i palazzi del Canal Grande, i sentimenti che essi mi dettano, l'affollarsi delle sensazioni e le sacre sponde ove il mio corpo fanciulletto giacque.

Ma fa troppo freddo, pure se è appena settembre, ha ragione Piccionello. Smanetto sullo smartphone, un occhio a Irene, cercando di proteggermi dal vento dietro un gruppo di turisti polacchi. Leonardo Alo Pereira è diventato famoso: su facebook la sua foto rimbalza di pagina in pagina. Il commento più carino è: muori subito. Altri, con una certa schiettezza, gli augurano tormenti e strazi, saecula saeculorum, affidando la somministrazione della pena alla sodomia carceraria.

– Ehi, sta scendendo – fa Piccionello.

Travolgiamo il turismo estero e interno per riuscire a conquistare la banchina davanti alla stazione Santa Lucia.

Piegata sotto il peso del borsone, Irene si guarda attorno, poi va dritta verso un internet point. Da dietro i vetri, nella luce del neon, la scorgiamo mentre chiede informazioni. Esce di nuovo, si infila in una calle buia.

– Non è che ci ha visti e minchioneggia? – dice Piccionello.

– La fai troppo furba.

– È bona, ma non significa che è cretina.

Più avanti c'è un negozio di telefoni cellulari: Irene si infila là dentro.

– Come previsto – dice Peppe.

– Pensi che compra un telefono nuovo per il fituso?

– Io dico di sì. Avrà buttato il vecchio per non farsi individuare.

– Aspettiamo.
Ci teniamo a distanza di sicurezza, senza perdere di vista il rivenditore Wind.
– Ci sono novità? – chiede Peppe.
– Che novità?
– Con Suleima?
– No, tutto bene.
– Mi sembri strano.
– Siamo a caccia di un assassino, posso mai sembrare normale?
– Come dici tu.
Qui, tra calli e campi, il vento arriva smorzato.
– Troppa umidità – dice Peppe.
– Venezia è sull'acqua, ora lo sai.
– Mi fa male la ferita.
– Quale ferita?
– Una coltellata al fianco, presa tanti anni fa, ad Ajaccio, quando ero imbarcato.
– A volte parli come Yanez, l'amico di Sandokan.
– A proposito. Com'è finita con Aiello?
– Peppe, ci sono altre priorità. Hanno ammazzato Gea, ricordi?
– Ma se prendiamo questa merda di uomo, poi ci occupiamo del mio amico Aiello, vero?
– Prometto. Ma che c'entra Aiello con Sandokan?
– Gente di mare tutti e due.
Alzo gli occhi e incrocio lo sguardo della spaghettona che mi passa davanti, le sue pupille nelle mie.
Cazzo, è uscita dal negozio e manco ce ne siamo accorti.

– Mi ha guardato, mi ha fissato negli occhi – dico.
– Secondo me non ti ha riconosciuto – fa Peppe.
– Non lo so.
– Ormai non c'è niente da fare.

Irene si muove verso la stazione. Nel piazzale di Santa Lucia punta dritto alla stazione dei mototaxi. Parla con un conducente, contratta il prezzo, scuote la testa. Sale a bordo. Il motoscafo ondeggia, si muove, si stacca dalla banchina.

– Non dobbiamo perderla – grido.

Saltiamo dentro un altro mototaxi. E dico una frase che sogno di pronunciare da quando avevo quindici anni.

– Segua quel taxi.
– Quale? – chiede il pilota dalla plancia di comando.
– Quello appena partito.
– Speriamo che ce la si fa.
– E no, non mi rovini tutto. Segua quel taxi.

Scivoliamo giù per il canale, sfiliamo lungo la Giudecca.

Peppe sta con la faccia incollata ai vetri del mototaxi.

– Non ci si crede che esiste un posto così.
– Peppe, confessa, allora ti piace?
– No. È troppo. Non riesco a pensarmi a Venezia.
– Ma ci sei.
– Di passaggio, per fortuna. C'era un mio amico matto, mischino si ammazzò, diceva che lui si poteva pensare solo seduto, ma mentre camminava non riusciva a pensarsi. Ecco, è la stessa cosa: non riesco a pensarmi a fare le cose di tutti i giorni a Venezia: andare al

bar, comprare un etto di prosciutto cotto, mettere sul fuoco l'acqua per gli spaghetti.

– Ma sempre Piccionello saresti, a Màkari o a Venezia.

– Sbagli, Saverio. Non è che uno nasce a caso: ci sono posti che ti scelgono e ti fanno nascere lì. E io, per come sono, solo a Màkari potevo nascere. Se nascevo qui, di sicuro ero un'altra cosa: un principe, un delinquente o uno sconsiderato.

– Hai detto la tua minchiata serale.

– Secondo te uno che nasce a Venezia può essere normale?

– Perché tu sei normale?

– Non lo so, ma tu resti scimunito dovunque nascevi. Il cornuto è cornuto solo al suo paese, il cretino è cretino dappertutto.

La laguna è scura. Luci lontane dalle isole, in fondo la linea dei fanali del Lido.

– Vado bene? – chiede il pilota.

– Basta seguire il suo collega e va tutto bene – rispondo.

– Ma dove si va?

– Non lo so.

– Ma è regolare?

– Amico mio, sta seguendo le luci di un mototaxi. È vietato?

– No.

– Tutto ciò che non è vietato è permesso.

– Se lo dice lei.

– Non lo dico io, lo dice la legge.

– La fa facile, non vorrei avere problemi. Lei è siciliano, vero?

– Le sembro Totò Riina? Le sembro don Vito Corleone?

– Per carità, non si offenda.

– Mio padre è magistrato a Verona – dico sperando che papà mi perdoni, lui che ha paura dei giudici.

– Allora è tutto a posto? – fa il pilota.

– Sì, vada avanti, in nome della legge.

Ho capito dove punta Irene. Avrei dovuto immaginarlo.

– Vuoi vedere che si è nascosto nell'isola dove abbiamo fatto le fotografie? – mi anticipa Piccionello.

– Proprio così. A Poveglia – dico.

– Com'è che non ci abbiamo pensato?

– Perché è un'idea da cretini, quindi geniale.

– E noi non siamo cretini, giusto?

– Giusto. Ma nemmeno geniali.

– Saverio, hai l'abilità di schifiare pure i complimenti.

37

Quando vedo ripartire il motoscafo, sento un groppo alla gola. Vengo assalito dalla sindrome di Robinson Crusoe sull'isola deserta.
Avanziamo acquattati nella selva oscura alla luce del mio telefonino.
Abbiamo perso di vista Irene. Per darle tempo di attraccare e scendere, senza destare allarme, l'abbiamo smarrita.
– Ma dove siamo? Nella foresta pluviale?
– Saverio, sono soltanto quattro cespugli.
– Odio la natura.
– Ma non ti piaceva la campagna?
– Io odio perfino la donzelletta che vien dalla campagna.
– Dobbiamo arrivare lì – Piccionello indica il fabbricato abbandonato – c'è una luce, devono essere loro.
– Non vedo niente. Oddio, cos'è?
– Un gatto, non vedi?
Un paio di occhi gialli nel buio.
– Capisco perché Cappuccetto Rosso si cacava sotto ad attraversare il bosco.
– Lì c'era il lupo.

– E qui c'è il gatto. E non siamo nemmeno sicuri se è gatto.

– L'unico animale in giro sei tu, Saverio.

A parte gli scherzi, non è bello trovarsi di notte nell'isola disabitata della laguna di Venezia: troppa flora, troppa fauna, troppa acqua.

– È proprio un posto da latitanti – bisbiglio.

– Magari incontriamo Matteo Messina Denaro.

– Sì, è arrivato da Castelvetrano in gondola.

– Saverio, fermati. Mi è venuto un dubbio.

– Dimmi.

– Non è che quel malaminchiata di Pereira è armato?

– Non credo.

– Non credo è troppo poco.

– Non lo so, Peppe. Ora glielo chiediamo.

Scivoliamo bassi lungo il muro di pietra. Sentiamo le voci di Irene e di Pereira. Con un dito sulle labbra, faccio segno a Piccionello di tacere. Sulle punte dei piedi, le mani aggrappate al cornicione di una finestra vuota, tento di capire cosa si dicono.

– I würstel non mi piacciono, lo sai – dice Pereira.

– La prossima volta vai tu a fare la spesa.

Gruppo di famiglia in un esterno/interno. Uno latitante, l'altra complice, a questi manca proprio l'allure di Bonnie e Clyde, sembrano mio padre e mia madre nei consueti litigi dell'ora di pranzo.

– Che dicono? – bisbiglia Piccionello.

– Non gli piacciono i würstel.

– Potevamo portargli due ricciole fresche da Mazara del Vallo.

Sulla ricciola mazarese inciampo, travolgo un fusto vuoto di benzina, sbatto il ginocchio contro una pietra, grido per il dolore e tutto il Triveneto apprende all'istante che Saverio Lamanna si aggira per l'isola di Poveglia a caccia di un pericoloso fuggiasco.

– Chi c'è? – si allarma Pereira.

– Polizia – urla Piccionello – venite fuori con le mani in alto.

Mi rialzo, ma zoppico.

Piccionello si slancia dentro l'edificio diroccato.

Corro dietro, claudicante.

Finisco di nuovo a terra, stavolta investito da Pereira in fuga.

– Cornuto – sbraito e mi sboccia dal cuore.

– Cazzo vuoi?

Gli afferro i piedi. Tenta di liberarsi.

Irene strilla forsennata.

– Stronzi, figli di puttana!

– Figli di mignotta, stronzi – insiste Pereira.

Il cornuto mi trascina, scalcia, mi colpisce a una spalla, ma ormai sono agganciato alla sua caviglia, non mollo.

– Figli di puttana, lasciatelo andare – bercia Irene.

– E vieni a darmi aiuto – chiedo a Piccionello.

Accorre con la faccia insanguinata.

– Mi ha graffiato, 'sta gran buttana.

In due, con fatica, riusciamo a bloccare a terra Pereira.

È fatta, non scappi più, cornuto e becco.

Sbam. Sento un gran colpo dietro la testa.

E tutto va a nero.

38

– Saverio, mi senti?

La voce di mamma.

– Saverio, puoi sentirmi?

Verrà la morte e avrà i tuoi occhi.

– Saverio, sveglia.

Questa invece è la voce di Peppe. Che ci fanno assieme Piccionello e mia mamma con colui che move il sole e l'altre stelle?

Apro gli occhi, finalmente conoscerò il paradiso.

– Bravo così, Saverio.

Non è mamma, anche se la voce pareva uguale. È una brunetta con gli occhiali e giacca fosforescente.

– Bene, Saverio, quanti sono?

Mi piazza tre dita davanti gli occhi.

– Tre.

– E questi? – dice a mano aperta.

– Cinque. Siamo al festival della matematica?

– Sta bene, ha ricominciato a dire minchiate col giummo – commenta Piccionello.

Provo a rialzarmi, l'infermiera mi blocca.

– Piano, Saverio, è meglio se rimani disteso.

Questa mi dà del tu, manco si fosse compagni di catechismo. La sanità italiana ti tratta sempre come un dodicenne sottoposto a tonsillectomia.

Hanno montato i riflettori. Poliziotti, agenti della scientifica, lampeggianti blu, pastori tedeschi: il set di CSI Venezia.

– Girate un film? – chiedo.

– Lamanna, non faccia lo spiritoso – dice uno. Lo riconosco, è il capo della mobile.

– Non ci davamo del tu?

– È vero. Allora te lo posso dire: sei una testa di minchia.

– Meglio se ricominciamo a darci del lei.

– Cazzo, ma vuoi avvisare? Ma chi vi sentite, tu e il tuo degno compare: Starsky e Hutch?

– L'abbiamo preso, almeno?

– L'abbiamo preso. L'avete preso, mannaggia a voi.

Mi tocco dietro la testa. Un bernoccolo grande quanto mezzo cantalupo.

– Che male. Cos'è stato?

– La spaghettona. Ti ha spaccato un mattone in testa – fa Piccionello – un altro poco e ti ammazzava.

– Sembrava una cosa inutile.

– È una cosa inutile. Appena ti ha visto cadere giù si è messa a piangere.

– Per fortuna il tuo amico ci ha chiamati subito – dice il capo della mobile – è più furbo di te, Lamanna. Comunque, grazie.

Mi stringe la mano nel riverbero dei lampeggianti blu dei motoscafi ormeggiati in banchina, nelle sciabolate bark

di luce delle fotoelettriche, nel latrato dei cani che fiutano indizi. Pare di stare in un film americano.

Oltre alla testa, mi fa male anche il ginocchio.

– Ora andiamo in ospedale per una Tac di controllo – fa l'infermiera, mentre i barellieri mi issano su.

– Non voglio la Tac – dico.

– Dai Saverio, fai il buonino.

Ci vorrebbe una buona battuta di chiusura della scena, come nei telefilm americani, per spezzare la drammaticità degli accadimenti. Ma non mi viene in mente niente. Ci penserò stanotte in ospedale.

39

– Sei anche sulla prima della «Nuova».
– Che schifo di foto, l'hanno presa da facebook. Questa l'hai scattata tu quando siamo andati a Favignana.
– Non sono mai andata con te a Favignana – risponde Suleima.
– Scusa, la botta in testa mi confonde le idee.
– Faccio finta di crederti.
– Ahi ahi ahi – mi lamento.
– Che c'è?
– Il ginocchio, quando lo muovo fa un male cane.
– Non è il ginocchio, è quel che resta della tua coscienza a farti male.
Suleima continua a sfogliare i giornali.
– Hai visto «Il Gazzettino?».
– No.
– Senti il titolo. Lamanna: «Ho vendicato Gea».
– Non l'ho mai detto.
– L'avrai pensato – aggiunge Piccionello.
– Peppe, lo so che hai parlato con tutti i giornalisti.
– Non è vero.
– Peppe, su «Repubblica.it» c'è perfino il tuo video –

dice Suleima – guarda: «Ecco come abbiamo catturato il mostro».

– Hai pronunciato la parola mostro? Non hai nessuna pietà della lingua italiana – dico.

– Non ho mai detto la parola mostro, lo giuro – si difende Piccionello.

Un'infermiera entra in stanza.

– Lamanna, come va?

– Se non lo sa lei.

– Tutto negativo.

– Allora male?

– Gli accertamenti hanno dato esito negativo.

– Quindi bene?

– Tra poche ore torna a casa, Lamanna, al massimo domani mattina.

– Mi fa male la testa.

– Normale. Un analgesico, senza esagerare però.

Sistema il cuscino, mi strattona, si piega sul letto giusto per farmi capire che sotto il camice bianco non porta niente. L'infermiera erotica è reminiscenza delle matinée al cinema Finocchiaro, quando caliavamo scuola per approfondire la nostra educazione sentimentale.

La seguo con lo sguardo fin quando esce dalla camera ancheggiando sugli zoccoli bianchi.

– Se vuoi ti spezzo un ginocchio, così ci resti un mese qua dentro – mi fulmina Suleima.

– Che dici? Ero soprappensiero.

– Adesso si dice così: soprappensiero.

– Di Pereira cosa scrivono? – cambio discorso. Non devo far innervosire la madre dei miei figli.

– Si dichiara innocente.
– L'ha detto anche a me – aggiunge Piccionello.
– Quando?
– Dopo che ti hanno atterrato.

– Scusa Peppe, non te l'ho ancora chiesto: ma come hai fatto a bloccare i due fino all'arrivo della polizia, senza farli scappare?

– Non c'è stato bisogno. Piangevano e si abbracciavano come due agnellini da latte. Lui ripeteva: non sono stato io. Lei ripeteva: non è stato lui, quella notte è stato sempre con me.

– Aspetta – fa Suleima – senti cosa dice il capo della mobile sul «Gazzettino»: «Le molteplici ferite alle mani di Pereira sono un ulteriore segno, qualora ce ne fosse bisogno, che l'indagato ha colpito la De Simone ripetutamente fino a provocarne la morte. La De Carolis Irene è indagata per favoreggiamento, in fermo provvisorio di polizia».

– Non ci sono più i colpevoli di una volta – dice Piccionello.

– Questa me la scrivo, Peppe.
– E fai bene.
– E se fosse veramente innocente? – chiede Suleima.

La guardo stupefatto. Comprendo la maternità incipiente e lo spirito di accudimento che biologicamente si scatena nella puerpera, comprendo la pietas virgiliana e comprendo perfino che un po' di scetticismo volterriano fa sempre bene, ma quando è troppo è troppo.

– Hai ragione, Suleima. Alo Pereira, Hitler e Totò Riina sono vittime di preconcetti.

– Ne fai una questione personale – insiste Suleima.
– Che dici mai? È uno stronzo, picchiava la sua fidanzata, l'ha ammazzata di botte, si scopava un'altra, non gli piacciono i würstel ed è scappato a cadavere ancora caldo. In effetti tutto depone a suo favore. È vero: ne faccio una questione personale. Io Gea l'ho vista morta e non la dimentico più.
– Calmati, Saverio.
– Non voglio calmarmi. Voglio restare incazzato, invece. Se fossi in America, in uno dei simpatici stati che usano friggere i condannati sulla sedia elettrica, ti giuro che sarei in prima fila per vedere Pereira rosolato al grill.
– Sei diventato fascista?
– Non è politica, è solo una questione personale.
Il telefono.
– Saverio, come stai?
– Meglio, papà. Tra poco esco dall'ospedale.
– Mi hai fatto venire un colpo.
– Niente di grave, solo un bernoccolo.
– Quando torni giù?
– Domani, credo. Qui non c'è più niente da fare.
– Mi prometti che non ti occupi più di queste cose?
– Papà, doveva essere solo una cosa di cinema.
– La gente c'è morta col cinema.
– Chi?
– Bruce Lee, per esempio.
– Bruce Lee non è morto sul set.
– Allora suo figlio, non ricordo bene.
– Vabbè, papà, sono ancora vivo.

– Allora sbrigati a tornare in Sicilia. Passi da Palermo?
– Penso di sì.
– Dico a Maricchiedda di preparare la parmigiana.
– Grazie, papà.
– Se scrivi questa storia forse ti viene un libro buono.
– Forse viene buono. Forse.

40

Lavati le mani, dice mamma. Sono pulite, dico io.

Lavati le mani, dice ancora mamma. Lei ha il suo cappotto color ruggine, io i pantaloncini corti e la maglietta a righe orizzontali.

Mi lavo le mani, ma ho le mani ferite.

Lavati le mani ti ho detto, insiste mamma. Ha il suo cappotto color ruggine e la faccia di Suleima.

Tu non sei mamma, dico io.

Sono tua mamma, lavati le mani, dice Suleima.

Tu non sei mia mamma, e mi viene da piangere. Sono tua mamma, ripete Suleima e si inginocchia per guardarmi negli occhi. Sei uscito dalla mia pancia, dice ancora, non ricordi?

Non voglio lavarmi le mani. Sono pulite, grido.

– Lamanna, si calmi.

– Non voglio lavarmi le mani, sono pulite – grido.

– Lamanna, è solo un sogno. Stia tranquillo.

L'infermiera non è quella di prima. Questa è secca secca e senza minne.

– Sta bene, Lamanna?

Apro gli occhi, sono in ospedale. I medici cornuti hanno deciso di tenermi ancora in osservazione.

– Sì, sto bene. Cosa mi avete dato?
– Ha preso solo un analgesico e gli antibiotici.
– Saranno gli antibiotici.
– Lei è allergico?
– Allergico agli ospedali.
– È un po' agitato. Vuole un sedativo?
– No, voglio uscire.
– Sono le tre del mattino, tra poche ore sarà fuori. Provi a riposare, Lamanna.
– Non ho fatto altro che riposarmi, perciò faccio brutti sogni.
– E allora provi a stancarsi – dice l'infermiera e se ne va.

Mi prende in giro, lo intuisco.

La luce notturna manda un riflesso blu.

Non sono pronto per fare il padre, è evidente. Ho poco più di quarant'anni e mi sento come diceva il poeta: né giovane né vecchio. I figli si devono fare da giovani. O da vecchi. Non ci sono vie di mezzo.

Adesso cosa dico a Suleima? Sai, ci ho pensato, lasciamo perdere: potresti posticipare la tua gravidanza una decina di anni più in là?

Accendo il tablet. Scorro facebook: qualcuno ha condiviso sulla mia pagina la foto della prima del «Gazzettino». Trentadue messaggi. I primi tre sono di complimenti per quello che ho fatto, il quarto è del mio ex compagno di liceo Ciro Fuschino che mi dà affettuosamente del cazzone, poi si scordano di me e cominciano a litigare sul governo, su Matteo Renzi, Beppe Grillo e sulla Buona Scuola.

Non sono pronto a fare il padre, sono troppo cazzone, lo sa anche Ciro Fuschino che sedeva nel banco davanti al mio.

Potrei scomparire, dileguarmi, far perdere ogni traccia di me. Impossibile, ho troppo pochi soldi sul conto per darmi alla latitanza. Suleima mi ripesca dopo tre giorni, faccio la fine di Alo Pereira.

Teresita, aiutami tu.

¿Qué pasa?

– ¿Qué pasa? Sono guai, cara Teresita.

Usted está inquieto.

– A chi lo dici...

Usted está inquieto.

– Usted está inquieto. Hai ragione.

¿Cuántos años tienes?

– Sempre gli stessi, Teresita. Quarantadue.

¿Cuántos años tienes?

– Ironia inopportuna.

Non risponde.

– Teresita? – controllo se si è scaricata la batteria dell'iPad.

Ya no es un chico.

– E chi dice che sono un chico?

Pero parece un chico.

– ¿Pero parece un chico? Y por qué?

Tienes miedo.

– ¿Tienes miedo? Paura io? Di che? Di cosa?

¿Cuántos años tienes?

– Non ricominciamo. La sindrome di Peter Pan, gli uomini che non sono più veri uomini, gli eterni adolescenti che non vogliono assumersi responsabilità. Teresita, chi pensi di essere? Selvaggia Lucarelli, Maria Laura Rodotà o Natalia Aspesi? Se voglio consigli, non chiamo certo te.

– Lamanna, ha problemi? – spunta l'infermiera bionda con le minne e sotto il vestito niente.

– No.

– Ho sentito che gridava.

– Parlavo tra me e me.

– Nervoso?

– Non si preoccupi, tanto domani mattina vado via.

– Peccato – fa lei sulla porta.

Ecco, appena tre giorni fa l'avrei invitata a mostrarmi le qualità terapeutiche del sistema sanitario nazionale. Ma sto diventando padre. La prima controindicazione della potestà genitoriale è la perdita di opportunità.

41

Finalmente fuori.

È una giornata calda, i turisti girano in bermuda, le chiatte scivolano sui canali e l'ospedale di Venezia assomiglia a una cattedrale.

– Lamanna – mi sento chiamare.

Clic, clic, clic. Gli scatti della Nikon sparati in faccia.

– Ma che fai?

– Lamanna, due scatti per «Il Gazzettino» – dice il fotografo.

– Non farmi venire la faccia da cretino.

– Controlla. Hai la faccia da cretino? – e mi fa vedere le foto sul display.

– Sì. Andiamo a prendere un caffè e poi mi metto in posa per te.

– Il tuo amico non c'è?

– Il mio amico chi?

– Quello simpatico che mi ha avvertito delle tue dimissioni dall'ospedale.

– Ah, te l'ha detto Piccionello?

– Sì, se non era per Piccionello non avremmo saputo dove sbattere la testa.

– È scappato in Australia, troppe minacce.
– Minacce di chi?
– Mafia, 'ndrangheta, camorra. Tutto.
– Dai, Lamanna, non dire cazzate.

Ecco l'infame. In bermuda e infradito, mimetizzato tra i turisti smutandati.

– Saverio, sono venuto a prenderti.
– Piccionello, non ti avvicinare. Ti sputo meglio da lontano.
– Incazzato già di mattina?
– Dai, mettetevi accanto che questa foto non ce l'ha ancora nessuno – dice il paparazzo.
– Se mi fotografi accanto a lui ti querelo – gli faccio.

Ma Piccionello è già in posa: profilo destro, profilo sinistro, profilo centro.

– Grazie, ragazzi, siete due eroi, avete fatto una grande cosa – e il reporter se ne va con i suoi scatti, prima che io cambi idea.

– Peppe, ora lo so: sei infame e sbirro.
– Saverio, non dire così. Ci sono notizie clamorose.
– Suleima dov'è?
– È stanca. Ti aspetta in albergo.
– Stanca come?
– Stanca, Saverio. Che minchia di domanda è?
– Ha detto qualcosa?
– Sono stanca, ha detto, vi aspetto qui in albergo.
– Cazzo.
– Vabbè, Saverio, ascoltami. Ho parlato con Enzo. Che non è per niente scemo, e voleva veramente bene a Gea e ai suoi parenti. Ho capito che la famiglia di

221

Gea lo ha fatto studiare perché Enzo era il figlio dell'autista del patriarca De Simone...

– Mi piace questa storia deamicisiana. E allora?

– La De Simone è tornata a Roma con la salma della sorella, ma prima di partire ti ha lasciato una lettera.

– Che dice?

– Non so, te la vogliono consegnare di persona Enzo e Arianna. Ma ascolta: qui c'è la notizia che mi ha anticipato Enzo...

– Stai creando la suspense?

– La famiglia De Simone, riconoscente per la cattura di Alo Pereira, ci lascia una ricompensa in denaro.

– Non voglio soldi.

– Saverio, sei cretino?

– Non voglio quei soldi.

– Saverio, ragiona. Abbiamo preso l'assassino, tu hai rischiato la vita, sei stato due giorni in ospedale.

– E Gea è morta.

– Ma non è colpa nostra.

– Hai ragione. È colpa sua che si è fatta ammazzare.

– Non ti capisco, Saverio.

– Non voglio guadagnare su una morta.

– Ma che discorso è, Saverio? Allora poliziotti, magistrati, carabinieri, becchini e medici non devono prendere lo stipendio perché guadagnano sui morti?

– Poi dicono che il cinico sono io. Ma tu sei lo Shylock di Màkari. Come fai a prenderti i soldi dopo che l'abbiamo fatta ammazzare? Abbiamo catturato la carogna, è vero. La questione si chiude così. Chi ha avuto ha avuto, chi ha dato ha dato. E restiamo sempre in debito con Gea De Simone e la sua famiglia.

– Ma almeno il lavoro di ufficio stampa, Saverio.

– Non mi fare ridere, maestro Piccionello. Non abbiamo fatto niente, nemmeno il nostro dovere. Prepara le valigie che torniamo a Màkari.

– Sbagli, Saverio, abbiamo fatto tanto. Lo dice anche Enzo. Anche i giornali lo scrivono.

– Allora prendi la parte che ti spetta. Ora scusami, voglio stare solo.

– E dove vai?

– Non lo so. Vado ad affogare nel baccalà mantecato.

– Dai, Saverio, non fare il bambino.

– Perché tu mi dici poeta?

– Che c'entra adesso il poeta?

– Io non sono un poeta. Io non sono che un piccolo fanciullo che piange.

– Tu hai bisogno di un medico, poeta.

Mi giro e me ne vado, confuso tra i turisti in bermuda e infradito che affollano senza meta campi e calli.

42

La botta al ginocchio si fa sentire. Zoppico, ma non troppo. Credo di tenere il tipo di andatura che i bravi romanzieri definiscono claudicante. (È una parola che avrei sempre voluto scrivere).

Su un ponte mi affaccio a sputare di nascosto nel canale, tanto per ritrovare il fanciullino che è in me. Il passo corto e dolente mi consente di osservare i turisti che sciamano in gruppi più o meno serrati, fotografandosi a vicenda con gondola d'ordinanza sullo sfondo.

Qualche anno fa accompagnai quello stronzo del sottosegretario all'assemblea annuale delle Camere penali: si teneva alla Fondazione Cini, nell'isola di San Giorgio Maggiore. Detenuto nell'isolotto, senza nemmeno un bar né una vineria, dopo alcune ore di interventi sull'uso e abuso nell'applicazione delle misure cautelari personali, mi spinsi sulla punta estrema del porticciolo per provare a capire se era preferibile raggiungere piazza San Marco a nuoto o optare direttamente per il suicidio per annegamento.

Sulla banchina, attratto dalla medesima vocazione nichilista, c'era un avvocato settantenne veneziano. Confessò che in tutta la sua vita mai aveva voluto mettere piede sull'isola di San Giorgio, per qualche ragione che non volle spiegare. Parlammo a lungo, i piedi penzolanti sulla laguna, fumando le sigarette forti e senza filtro che preparava a mano con trinciato inglese. Non ricordo molto della nostra conversazione, probabilmente chiacchieravamo in libertà, ma mi restò impressa una sua frase: Venezia è una piccola città convinta di essere grande.

Adesso, al ritmo imposto dal ginocchio dolorante, scopro la dimostrazione che valida l'assunto. Venezia è piccola, ma convinta di essere grande. È proprio la presenza dei turisti a dare grandezza a Venezia. Provo a immaginare questa città di canali, calli, campielli e sottoporteghi senza le comitive di villeggianti. Sarebbe una cittaduzza con molta umidità.

Trascinato dai flutti del turismo di massa, mi ritrovo in piazza San Marco. Ormai vado per luoghi comuni, prendo posto a un tavolino all'aperto del Caffè Florian, distendo il ginocchio pulsante. Alla modica cifra di dodici euro, ordino un espresso e due biscotti. Mi piace strafare, sono devoto alla lezione imparata su un libro di Gesualdo Bufalino: quando mi rubano tutto, voglio pure regalare qualcosa.

Certo, i soldi della famiglia De Simone farebbero comodo. Non solo per mettere a tacere allo stesso momento il mio conto corrente e il direttore della mia banca, ma per tacitare anche quel tanto di coscienza che cerco di cacciare a fondo. Accettare i soldi significa ammettere di aver fatto il possibile per proteggere Gea.

Se va bene ai suoi parenti, può andar bene, anzi meglio, a me.

Soprattutto adesso, con il bambino – o bambina? – ci saranno nuove spese, immagino bisognerà comprare delle cose, dovrei farmi consigliare da mamma, ma poi ricordo che mamma non c'è più; mi capita spesso di pensare di chiederle un consiglio, sia pure per non accettarlo, deve essere un riflesso condizionato di noi orfani.

Il telefono. Non mi va di rispondere, ho silenziato la suoneria, mando tutte le chiamate a vuoto. Ma questo è il mio editore, non si sa mai.

– Saverio, come stai?

– Bene, stavo scambiando due chiacchiere con Giacomo Casanova. Parlavamo di donne, è un po' imbranato.

– Ho letto i giornali. Te la sei vista brutta.

– Ho sempre desiderato una vita spericolata.

– Mi dispiace molto per quella ragazza: come si chiamava?

– Gea De Simone.

– Una storia impressionante.

– Vista da vicino è ancora peggio.

– Immagino. Saverio, scusa se parlo di queste cose pratiche, ti ho accreditato l'anticipo del libro.

– Tu sei veramente un uomo buono.

– Mi è venuta un'idea.

– Tu sei veramente un uomo geniale.

– Perché non scrivi un libro su questa storia?

– Quale?

– Questa della morta a Venezia.

– Mi pare che l'hanno già scritta.

– Quando?
– Un centinaio di anni fa. Un tedesco, un certo Mann.
– Non fare il cretino, Saverio. Riparliamone quando torni a casa. Pensaci: è un giallo nel tuo stile.
– Già, nel mio stile. Ma qual è il mio stile?
Il caffè si è raffreddato. Dodici euro per una ciofeca.
Tre turisti con il cappellino degli Yankees mi fotografano, stanchi di rincorrere i piccioni. Immagino cosa penseranno ritrovandomi nelle memory delle loro macchinette al rientro a State Island: typical italian writer.
Piazza San Marco è più affollata dei Quattro Canti di Palermo quando passa il carro di Santa Rosalia. Amo il turismo di massa: se non ci fosse, lo inventerei. Questa gente comune, con le ciabatte e i bermuda, le magliette smanicate, le Lonely Planet di due anni prima avute in prestito dal cognato, ha spazzato via secoli di letteratura di viaggi, racconti di duchesse, cappelliere, pasticcini da tè, Orient Express, Gustav Aschenbach.
Amo i turisti in fila davanti alle gelaterie, intimoriti sotto i mosaici bizantini, caricati sugli autobus, svegliati all'alba, intruppati nei musei. Li amo perché popolano gli incubi degli scrittori snob, degli estensori di elzeviri e corsivi delle pagine culturali, di quelli che Venezia non è più la stessa, di quando noi si andava alla prima della Fenice. Amo le casalinghe di Voghera, i maestri di Vigevano, i passeggeri di Ryanair perché hanno ammazzato prima i re, poi le regine, le duchesse, i lord, infine anche i dandy e i piritolli con le giacche a

tre bottoni, la pochette e il Grand Tour. Questi qui, ad esempio, con i bermuda e i cappellini degli Yankees, non sanno di avere conquistato le Bastiglie, facendo rotolare teste blasonate dalle poltrone di prima classe.

Abbasso il piroscafo, abbasso i wagon-lits, abbasso Luigi Barzini e il raid Pechino-Parigi: uno spettro si aggira per l'Europa, è lo spettro del turismo low cost.

– Oh, yes, bravo – gridano i tre americani.

Devo aver pronunciato a voce alta le ultime frasi. Una tedesca molto carina, nel tavolo accanto, applaude con un sorriso.

– Turisti di tutto il mondo, unitevi – rincaro la dose.

Il cameriere viene a ritirare i dodici euro.

– Tutto bene, signore?
– Benissimo. Solo il caffè faceva schifo.

43

– Lamanna, dove cazzo eri finito?
– Anch'io sono felice di rivederti, Sandrò.
– Ti chiamo da due ore.
– Hai ragione. Avevo il telefono senza suoneria.

Sandrò, l'assistente del fotografo francese, mi travolge ancor prima che abbia messo piede nella hall dell'albergo.

– Arianna non risponde, Enzo nemmeno. E quello là mi sta facendo impazzire – dice Sandrò.
– Chi?
– Il fotografo francese.
– Ho capito, monsieur Cartier-Bresson.
– Esatto. Devi liberarmi le foto, dobbiamo venderle all'edizione americana di «Vanity Fair».
– Quali foto?
– Le foto di Pereira, quelle scattate a Poveglia. Ricordi?
– Sì, ma io che c'entro?
– Lamanna, non capisci niente. Il servizio lo ha commissionato la Movie Valley, sennò chi se ne fregava di paparazzare Pereira in posa. Le foto sono vostre. Ma dopo la morte di Gea De Simone gli americani voglio-

no l'ultimo servizio fotografico di Pereira, scattato proprio nello stesso posto dove poi è andato a nascondersi. Pagano bene e subito.

– Ripeto: io che c'entro?

– Lamanna, tu dovevi fare il benzinaio, non il press agent. Metti una firma, mi liberi il servizio, dichiari a nome della Movie Valley che le foto non ti interessano più e che il fotografo può disporne come vuole.

– Una firma. Tutto qui?

– Sì, ma devi fare in fretta perché gli americani vogliono la liberatoria entro oggi. Lo sai come sono: terrorizzati dagli avvocati e dalle cause. Oddio, ancora il telefono. Oui, oui, occhei, tout bien, Lamanna est ici, un petit moment.

– Complimenti, Sandrò, un francese impeccabile.

– Smettila. E non chiamarmi Sandrò.

– Comme vous voulez, Sandrò.

– Dai, firma, Lamanna.

– Aspetta. Prima devo leggere. È tutto in inglese.

– Sì, sono sei pagine. Le solite cose.

– Può esserci dentro di tutto, pure la dichiarazione di guerra alla Birmania.

– Ti prego, Lamanna, fammi uscire dall'incubo. Tieni la penna, appoggiati qua e firma.

Siglo un foglio dopo l'altro, senza capire se mi sto mettendo nei guai per il resto della mia vita in tutti gli Stati dell'Unione.

– Sandrò, sei troppo agitato. Non ti fa bene.

– Lo so, lo dice anche la mia ragazza.

– Cartier-Bresson ti lascia il tempo per una ragaz-

za? Mah, non c'è più la schiavitù di una volta. È tuo il computer?
– Sì, perché?
– Prima di firmare potrò almeno vedere le foto di Pereira? – chiedo con la penna sollevata in aria sull'ultima pagina del documento.
– È giusto. Sono tantissime, te ne faccio vedere alcune già selezionate.
Gli scatti con Pereira riempiono tutto lo schermo: in piedi, di profilo, primo piano, primissimo piano, campo lungo, campo medio, campo americano, di tre quarti, a torso nudo, vestito, sdraiato, seduto, appollaiato.
– È cretino pure in foto – commento.
Sandrò ridacchia. Il cretino in questo momento vale oro.
– Tu che sei un tipo stiloso, come dicono nei peggiori concept store di Milano, mi spieghi perché Pereira sta sempre con i guanti da motociclista?
– Lascia perdere, Lamanna. Ci abbiamo provato. Le foto senza guanti sono impresentabili.
Nello schermo si affaccia Pereira, occhio da triglia e mento appoggiato sulle mani nude. Sembra il Cristo di Mel Gibson deposto dalla croce.
– Perché è ridotto così? – dico.
– È caduto in moto, ha detto.
Studio bene la foto. La ingrandisco. I graffi sul dorso delle mani sono profondi. Non sono un medico legale, ma so riconoscere quando uno si è spellato a vivo sull'asfalto.
– Sandrò, questa me la regali?

- Non posso. Il francese mi ammazza.
- Per documentazione privata.
- Non posso.
- Allora non firmo – gli restituisco la penna.
- Lamanna, sei un estortore.
- Sono di Palermo, bambino: il massimo della mafia e dell'antimafia.
- Hai vinto tu. Ecco, te la mando per mail. Chi è? Ancora il maledetto francese: oui, tout bien, j'arrive.

Firmo l'ultima pagina della dichiarazione d'indipendenza. Però mi fa rabbia che il cretino coi guanti riuscirà a finire su «Vanity Fair American Edition».

44

– Perché hai litigato con Peppe?
– Fesserie. Tu come stai?
Suleima appoggiata al balcone della camera fuma una sigaretta.
– Da quando fumi? – chiedo.
– Una ogni tanto, da sempre – mi fa.
– Non dovresti.
– Lo so.
– Ne hai una per me?
– Ma non hai smesso?
– Una ogni tanto, non trovo più il toscano – dico mentre rovisto nelle tasche della giacca.
Suleima mi passa una Marlboro Gold. Accendo dalla sua, mi appoggio anch'io al balcone. Gli ombrelloni in spiaggia sono chiusi. Sul bagnasciuga un cane gioca con la risacca.
– Hai la faccia stanca – dice Suleima e mi passa una mano tra i capelli.
– Ho dormito male stanotte.
– Anche io. Peppe dice che vuoi partire domani.
– Non sopporto più Venezia.
– È così bella. Guarda che luce.

– Perché non vieni con me?

– A Màkari? Non subito, forse più avanti, se le cose vanno in un certo modo.

– Suleima, devo dirti una cosa.

– Stai attento, Saverio, questa è l'ora delle frasi sbagliate.

– Stanotte ho fatto un sogno strano. C'era mia mamma, c'eri tu e un bambino. Il bambino ero io, poi tu hai preso il posto di mia madre. E io ero tuo figlio. Però non volevo lavarmi le mani.

– Non ho capito niente. Cosa vuol dire?

– Non so, forse devo rileggere Freud.

– Saverio, allora ti dico io una cosa.

Bussano alla porta. Vado ad aprire.

Enzo, Arianna e Piccionello. I tre magi con oro, incenso e mirra.

Enzo mi butta le braccia al collo.

– Saverio, ti voglio bene – e piange.

Mi lascio abbracciare ad libitum, mentre con Arianna, sempre protetta dai suoi Vogue scuri, ci scambiamo una stretta di mano senza eccessivo trasporto. Nemmeno la morte di Gea riesce ad addolcire Miss Unpleasant.

– Grazie di tutto – fa lei.

Mi porge una busta bianca.

– È la lettera di Flaminia, ma idealmente c'è anche la nostra firma. Vero, Arianna? – fa Enzo.

– Vuoi leggerla subito? – chiede Arianna.

Apro la busta seduto sul bordo del letto.

I tre magi sono ancora in piedi.

– Dai, accomodatevi. Volete una Coca, un'aranciata?
Piccionello non si fa pregare e va al frigobar.
– Posso prendere la vodka?
– Fai quello che vuoi – gli dico.
Suleima viene a poggiarmi una mano sulla spalla.
– Lei è Suleima – dico presentandola agli altri.
– Ciao – dice Enzo, mentre Arianna non socchiude nemmeno le labbra. È entrata nella parte di vedova ufficiale.

Non è facile leggere con addosso gli sguardi di quattro persone. E infatti ho bisogno di ripassare due volte le frasi prima di capire il senso della parole scritte.

Caro Saverio,
in queste ore terribili ho pensato molto a quello che hai fatto, prima e dopo la morte di Gea. Ti confesso che in certi momenti ho pensato che non hai saputo proteggere Gea.

Ma poi, invece, mi dico che è colpa mia, della nostra famiglia, se non abbiamo saputo proteggerla. Da se stessa, soprattutto, dal suo vizio di essere la ragazzina ribelle sempre in cerca di una punizione che forse avrebbe dovuto darle mio padre, mia madre, perfino io.

Tu sei arrivato solo troppo tardi. Dovevamo pensarci prima. Dovevo pensarci io che sono la sorella maggiore. Ora Gea resterà sempre nel mio cuore, così come mi resterà il rimorso di non aver saputo aiutarla o proteggerla.

Tu e il tuo amico Piccionello avete fatto molto più di quanto, in tanti anni, ho fatto io. Per questo ti prego di non offenderti e di voler accettare un piccolo segno di ricono-

scenza, per esserle stati accanto negli ultimi giorni che forse, per lei, sono stati felici, perché realizzava il sogno di portare il suo film a Venezia. Non è un modo per sdebitarmi, perché non potrò mai sdebitarmi. Ma è il modo di rendere onore all'impegno che Gea e io avevamo preso con te, un impegno che tu e Piccionello avete onorato. Il mio debito con Gea, invece, non riuscirò mai a saldarlo.

Un abbraccio per te, con tutte le mie lacrime.

FLAMINIA DE SIMONE

Nella busta c'è un assegno della Bnl-Paribas da quindicimila euro, intestato a Lamanna dott. Saverio.

Una lacrima riga la guancia di Enzo.

– Hai visto Arianna? Saverio si è commosso – dice.

– Non voglio questi soldi – dico.

– Non puoi discuterne con noi. Enzo, andiamo via – fa Arianna.

– Non posso accettarli – insisto.

– Lamanna, chiama Flaminia De Simone e ne parli con lei. Noi abbiamo fatto il nostro dovere – dice Arianna. Prima di uscire dalla camera, torna indietro, lascia qualcosa sul tavolino.

– Ah, dimenticavo: domani sera, prima della premiazione, passa in Sala Grande il nostro film. Ecco gli inviti.

– Saverio, ti prego, domani sera vieni alla proiezione. Fallo per Gea – sussurra Enzo con un altro abbraccio.

– Non so.

– I soldi te li sei meritati, Saverio. Sei un vero uomo. Ormai ce ne sono veramente pochi, se lo dico io devi crederci – Enzo mi bacia sulla guancia – vale anche per te, maestro Piccionello.

– Grazie Enzuccio – fa Peppe. Ed è sincero.

Appena la porta si richiude alle loro spalle, Suleima mi strattona un braccio.

– Saverio, devo dirti una cosa.

– Lo so. Magari appena va via Piccionello.

– No, è meglio se Peppe resta e sente anche lui.

– Ma sono cose nostre, Suleima.

– Ascoltami.

– Il letto in piazza, al solito.

– Non sono cose di letto, Saverio. Fammi parlare.

– E falla parlare – dice Piccionello.

– Forza, sono pronto a tutto.

– Quando è stata uccisa Gea io sono partita alle sei del mattino, ricordi?

– Sì, dovevi tornare a Bassano presto per non so quale motivo.

– Esatto. Ricordi che ti ho detto che avevo visto una persona in corridoio?

– Sì, mi pare.

– Ecco, non sono sicura al cento per cento, ma era uguale a questa.

– Questa chi? – chiede Piccionello.

– Arianna? – faccio.

– Sì, era in corridoio. Aveva un vestito chiaro. Mi aveva colpito una cosa: indossava un paio di calze con uno strappo su una gamba, uno strappo grande così, all'altezza del ginocchio.

– Sei sicura? – chiedo.

– Non sono sicura. C'era poca luce, era davanti a me e poi è entrata in una camera.

– Che significa? – fa Piccionello.

– Forse niente, ma forse no – dico io.

– Non so – fa Suleima – magari non significa niente. Ma adesso che l'ho vista mi è sembrato di riconoscerla.

Magari non significa niente. O forse no.

Faccio un numero di telefono.

– Chi stai chiamando? – chiede Piccionello.

– Aspetta. Ciao, sono Lamanna. Sei in ufficio? In chiesa? Ho capito: corso prematrimoniale. Bravo, fai bene a sposarti. O lo fai o non lo fai, te ne pentirai. Se passo tra un'ora ti trovo in questura? Bene, a dopo.

– Il capo della mobile? – chiede Piccionello.

– Sì, voglio sapere cosa ha raccontato Arianna alla polizia.

– Allora andiamo.

– No, vado io. Tu acchiappi Enzo, eserciti tutte le tue capacità seduttive e rubi un po' di pettegolezzi su Miss Malagrazia.

– E io? – chiede Suleima.

– Tu rimani in albergo bella tranquilla, poi stasera andiamo a cena a Venezia, quella vera però, mica la succursale del Lido. Devo parlarti di cose importanti. Di noi due.

– Non credergli, Suleima – fa Piccionello – dice le stesse cose anche a me.

45

Giriamo attorno.
Il ristorante è stato consigliato dal capo della mobile.
– Sei con la tua ragazza? Vai alla Giudecca. Li chiamo io, mi conoscono – ha detto.
Giriamo attorno.
Le luci, i ferry che passano lenti, i lampioni delle Zattere, le finestre illuminate.
Giriamo attorno alle questioni dure, ai sogni della notte, alle domande da fare, alle risposte da dare. È l'ora giusta, ma basta una parola e può rivelarsi sbagliata.
Giriamo attorno. E i cicchetti alla venexiana. E il risoto de pesse spada. E il calamaro farcio e rostio. E il vino. E la testa sfalsa, per le due bottiglie di garganega o per gli occhi di Suleima.
Giriamo attorno.
Quando ti ho visto la prima volta. Non mi piacevi. Tu invece sì. Eri antipatico. Anche tu però, te la tiravi mica poco. Non volevo baciarti. Volevo baciarti. Cosa vuole da me, ho pensato. Frammenti di un discorso amoroso, di cosa parliamo quando parliamo d'amore e pure ci scappa la citazione poetica, masticata al liceo, il tumulto delle strade sarà il tumulto del cuore, nella

luce smarrita sarai tu ferma e chiara, che funziona sempre pure se dicono che non si fa.

Giriamo attorno. Giro attorno.

– Cosa devi dire? – chiede Suleima.

– Dimmelo tu.

– Comincia tu.

– La storia di diventare padre, sai, ci ho pensato.

– E allora?

Le brillano gli occhi, sarà il vino.

– Se mi strusci con la gamba sotto il tavolo non mi concentro.

– Poverino, sei diventato ipersensibile.

– Non sono ipersensibile, ma tu insisti.

– Ti provoco. Allora, la storia del padre?

Mi salva il cameriere col menù dei dolci. Meringa con fragole per due.

Suleima si fa seria.

– Saverio, lo so che hai paura.

– Non ho paura. Ti sembro un ragazzino?

– La verità? Sì.

– La pensi come Teresita.

– Oddio, ancora l'insopportabile.

– Ho quarantadue anni.

– Ma non li dimostri. Mentalmente, perché fisicamente sei messo maluccio.

– Non fa ridere.

– Non voglio farti ridere, voglio farti arrabbiare.

– Tu invece sei sicura, Suleima?

– Saverio, nessuno è sicuro di fare un figlio.

– Appunto.

- Io invece sono sicura.
- Sei sicura?
- Sicura che non avremo un figlio.

Abbiamo smesso di girare attorno. Passa una nave da crociera, con tutte le luci accese, sarà il *Rex* di Fellini.

- Come lo sai?
- La natura ha il suo linguaggio, Saverio.
- Non diventerò padre?
- Non a questo giro.

Mi stavo abituando all'idea.

- Magari ti sbagli.
- Non dire che sei deluso.
- Non sono deluso, ma non sono contento.
- Sei stato quasi padre per sette giorni.
- E come mi sono comportato?
- Ripensandoci, non so se voglio un figlio da te.
- Ho detto qualcosa di sbagliato?
- No, ma non hai detto neppure nulla di giusto.

Fisso i lampioni delle Zattere, stringo gli occhi come facevo da bambino per giocare con le luci. Penso che se deve essere un buon libro dovrei trovare una frase bella ed esatta per chiudere questo dialogo. Ma non mi viene in mente niente.

- Ehi, ragazzo, non fare così – dice Suleima e mi accarezza una guancia.

Il telefono. Non rispondo, non è il momento giusto.

- Chi è? – chiede Suleima.
- Credo Piccionello.
- Rispondi, Saverio, non devi aggiungere altro. È andata così.

– Ciao, Peppe, dimmi.
– Minchia voce che hai. Ti è morto il cane?
– Lascia perdere. Che c'è?
– Compare, ci sono cose da rompere.
– Che vuoi dire?
– Ti aspetto in albergo. La trama si complica.
– E il mistero si infittisce. Ma parla come ti hanno imparato.
– Non abbiamo capito niente, Saverio. Siamo due cretini.
– Lo so, me lo dico da sempre.

46

– Peppe, possiamo fidarci di Enzo?
– Io mi fido, è una persona seria – dice Piccionello.
Il tappeto rosso è disseminato di impronte di suole di scarpe. La musica è finita, gli amici se ne vanno: ultimissimi giorni della mostra. La moquette del Palazzo del Cinema ormai somiglia a quella della villetta di Birmingham dove fui ospite in famiglia nell'estate del 1986 per studiare inglese.
– Suleima, tu sei sicura?
– Al cento per cento no, te l'ho detto. Ma appena ho visto entrare Arianna in stanza, mi è tornata in mente la scena – dice mentre mi passa la bottiglia di Ceres.
– Riepiloghiamo, allora – dico.
Per ragionare meglio mi alzo in piedi.
– Adesso ricomincia. Sono le due e mezzo di notte – fa Piccionello seduto sul bordo del red carpet.
– Certezze non ce ne sono, Saverio. Puoi fare solo supposizioni. Ridammi la birra – fa Suleima.
– I dati di fatto, prima di tutto – dico.
– Non ne posso più – sbuffa Piccionello.
La nottata è tiepida. Peppe sfoggia la sua T-shirt giallo oro: «Seleção Sicilera».

– Peppe, non riesco a guardarti: la tua maglietta mi confonde i pensieri. Cos'è quell'elenco di nomi?

– La squadra dei campioni. Verga, Brancati, Pirandello, Sciascia, Tomasi di Lampedusa, De Roberto, Quasimodo, Vittorini, D'Arrigo, Bufalino, Consolo. Campeões do Mundo da Literatura.

– Io non ci sono?

– Appena muori ti inserisco.

– C'è ancora tempo. Torniamo ai fatti. Arianna Menichini avverte la polizia subito dopo le nove del mattino, giusto? Ho preso un appunto: alle nove e dodici minuti arriva la telefonata al 113.

– Esatto – fa Peppe – la birra è finita?

– Prendi, è l'ultimo sorso – dice Suleima.

– Volete ascoltarmi? – ora mi incazzo.

– L'hai già ripetuto tre volte, Saverio.

– E ora quattro. Quando passo davanti alla suite di Gea, intravedo Arianna disperata: ha un vestito chiaro macchiato di sangue. Il capo della mobile conferma. Arianna si è sporcata nel tentativo di soccorrere Gea che però era già morta, così racconta lei. Fin qui ci siamo?

Suleima e Piccionello annuiscono, stremati.

– Io non ricordo se Arianna aveva le calze. Però, attenti: lo sbirro che ha memoria di sbirro dice che Arianna aveva una calza strappata. A domanda avrebbe risposto di essersi procurata lo strappo, riporto a memoria dal verbale, nell'affannoso tentativo di sollevare il corpo della De Simone Gea dalla vasca da toletta.

– Vasca da toletta? – dice Piccionello.

– La parola bagno non sta bene. Ma poi che te ne frega? Sei diventato semiologo?

– Sei diventato sucaminchia?

– Fammi andare avanti sennò perdo il filo.

– E dai, smettetela – sbotta Suleima.

– La morte di Gea, secondo l'autopsia, risale però almeno a tre ore prima, circa le sei del mattino. E qui irrompe sulla scena Suleima.

– Minchia, sei un vero romanziere.

– Peppe, ti do una boffa che per dartene un'altra deve venirti a cercare la scientifica.

– Meglio che sto zitto.

– Sì, è meglio. Suleima esce dalla camera verso le sei e qualcosa, giusto?

– Avevo guardato l'orologio poco prima: erano le sei e un quarto.

– Alle sei e un quarto nel corridoio dell'albergo, diretta verso la sua camera, praticamente a pochi metri dalla suite di Gea, c'è una persona che somiglia ad Arianna, che ha un vestito simile a quello di Arianna e che ha uno strappo sulla calza preciso a quello di Arianna.

– Ma non siamo sicuri che è Arianna – fa Suleima.

– Non siamo sicuri, ma non siamo nemmeno del tutto scimuniti. Allora io mi chiedo e vi chiedo: perché Arianna alle sei del mattino ha lo stesso vestito che avrà tre ore dopo e lo stesso strappo sulla calza?

– Perché? – chiede Peppe scocciato. Sa già la risposta.

– Perché ha appena ammazzato Gea, perché è sporca di sangue.

– Io non ho visto sangue – fa Suleima.

– No, perchè Arianna ti dava le spalle, il corridoio era in penombra e lei si è infilata veloce nella sua camera. Ma siamo sicuri che aveva la calza strappata. È così?

– Sì.

– Quale donna va a dormire alle sei, si risveglia due ore dopo, si veste per andare alla prima di un film, dove ci saranno fotografi e pubblico, e si rimette le calze con uno sbrego grande così?

– Mia zia aveva sempre le calze rotte – risponde Peppe.

– Tua zia era una zotica, viveva a Màkari e non andava alle prime della Mostra del Cinema.

– Non era zotica, però è vero che non andava al cinema.

– Ipotesi uno. Arianna trova Gea morta alle sei, ma per tre ore non avvisa nessuno. Perché?

– Magari non l'ha trovata morta, ma in fin di vita – fa Suleima.

– Peggio. Può salvarla, ma preferisce farla morire. Ma anche in questo caso, perché non cambiarsi vestito e calze?

– Perché? Sono le tre di notte, sto svenendo – borbotta Peppe.

– Ipotesi due. Arianna uccide Gea, si sporca di sangue, si rompe una calza e si rifugia nella sua camera. Dopo tre ore mette a punto il suo piano, non è molto sofisticato, ma forse può reggere. Si ripresenta con lo stesso vestito sporco di sangue, non pensa nemmeno di nasconderlo o di buttarlo: qualcuno potrebbe trovarlo e sarebbe la sua fine. Come tutti coloro che vedono la tivvù, sa che la polizia comunque le troverebbe addosso tracce di sangue o di Dna della vittima, così non nasconde niente. Anzi, finge di avere tentato di soccorrere Gea, al punto di ricoprirsi di sangue e di strapparsi le calze. Chi può sospettare di lei?

– Tutti infatti pensano a Pereira – fa Suleima.

– D'altra parte, è il sospettato perfetto: Alo Pereira. E siccome Pereira è un cretino a tutto tondo, appena sa che Gea è morta gioca a fare Fantomas, giusto per vincere un bell'ergastolo. I graffi sulle mani, infatti, sembrano la prova che ha picchiato Gea. Ma le foto di Cartier-Bresson sono invece la prova che le ferite sulle mani le aveva già prima del delitto. La picchiava, è un vigliacco, è un violento, ma forse non ha ammazzato Gea.

– E Arianna come l'ammazza? – fa Suleima.

– Con un vaso, con un posacenere, non sappiamo. Siccome non è stupida fa scomparire l'oggetto perché là sopra ci sono le sue tracce, il Dna, il codice genetico, il rossetto o lo smalto per le unghie e allora sarebbe difficile da spiegare.

– E perché l'ammazza? – chiede ancora Suleima. Anche nella sua voce sento la retorica dettata dalla stanchezza.

Per i motivi che racconta Enzo. Arianna è sempre stata la migliore amica di Gea, però Arianna era povera e Gea ricca, Gea comandava e Arianna subiva, Gea amava Alo e Arianna amava Gea.

– Non sappiamo se Arianna amava Gea – dice Peppe.

– Enzo ha raccontato che una volta, in una serata con troppo vino, Arianna si è buttata addosso a Gea cercando di baciarla in bocca. È così, no?

– Gea aveva confidato ad Enzo che Arianna ogni tanto pisciava fuori dal vaso.

– Gea diceva così? Arianna pisciava fuori dal vaso?

– No, è la mia traduzione. Insomma, si attaccava un po' troppo.

– Ho capito, Peppe. Arianna in qualche modo era ossessionata da Gea, l'abbiamo visto anche noi. Magari un litigio oppure un'altra avance, Gea ha reagito malamente e Arianna non ci ha visto più dagli occhi. O forse era gelosa di Alo o vai a sapere.

– Ti convince? – chiede Suleima.

– Non deve convincere me. La polizia, i magistrati.

– E sei pronto a raccontare la tua ipotesi alla polizia?

– Manca ancora qualcosa. Ma non so cosa.

– Io lo so – dice Peppe.

– Cosa?

– Il sonno. Vado a dormire.

Una voce di donna. Viene da un gruppetto di quattro bionde, dall'altra parte della strada.

– Hi, mister Pechonelo. Come with us. Let's take a beer.

– No, grazie. È tardi – e Peppe fa il gesto di andare a ninna.

Sbarro gli occhi. Guardo prima Piccionello, poi Suleima, poi ancora Piccionello.

- Peppe, hai appena detto di no a Gwyneth Paltrow?
- Non so come si chiama, ma se uno ha sonno ha sonno.

47

– Buongiorno, disturbo?
Le sei e quarantotto.
– Lamanna, sono Aiello. L'ho svegliata?
Nemmeno le sette, ancora le sei e quarantotto.
– Lamanna, magari richiamo appena si sveglia.
– Mi ha già svegliato.
– Mi scusi, sa, ma con la vita che facciamo noi gente di mare...
– Anche noi allevatori ci svegliamo presto, ho già munto due vacche.
Suleima si ficca sotto il cuscino e scalcia.
Lascio il letto, vado a chiudermi in bagno.
– Dica Aiello, com'è la mattinata?
– Malagiornata, Lamanna, siamo in mare da cinque ore e non si pigliano manco sardine.
– Insista, Aiello, la mattinata è lunga.
– La mattinata è già finita, Lamanna.
– Il sole si levava che il giorno era vecchio.
– Che dice? C'è molto vento, non sento bene.
– Niente. Chiama per parlare di sarde e aguglie o ci sono novità?
– Le novità volevo saperle da lei.

– Al momento nulla di nuovo, purtroppo sono stato in ospedale.

– Mi dispiace, Lamanna, la salute è la prima cosa.

– Grazie, ora sto meglio.

– Quando c'è la salute c'è tutto.

– Il mattino ha l'oro in bocca e chi fa da sé fa per tre.

– Come dice? C'è maestrale forte.

– Aiello, appena ho novità le faccio sapere. Stia sereno.

– Lamanna, faccia con calma, non c'è fretta. Anzi, per il momento non faccia proprio niente.

– Non capisco.

– Stia fermo, per il momento. Forse ho un sistema per trovare mio figlio.

– E se invece lo trovo?

– Quando?

– Chessò. Oggi. Domani.

– Meglio dopodomani.

– Dopodomani?

– Sì, fino a dopodomani non c'è bisogno di trovarlo.

– Aiello, ma perché?

– Poi glielo spiego. C'è maestrale, non sento bene. Mohammed, cornuto, stai sminchiando il paranco.

– Va bene, Aiello, la lascio con i suoi collaboratori.

– Collaboratori di 'sta minchia, sono uno più cornuto dell'altro. Lamanna, se lo ricordi, fino a dopodomani lasci stare, ci penso io.

– Arrivederci.

Ha già staccato. Mancano tre minuti alle sette. Torno a letto.

– Kietasofaa? – bofonchia Suleima da sotto il cuscino.
– Che dici?
– Chi era a quest'ora?
– Un pescatore.
– E che voleva?
– Non ci sono più sarde a mare.
– Peccato – e si gira per tornare a dormire.

Dimentica un piede contro la mia gamba. Non ci vuole niente per innescare una serie di reazioni a catena. Dicesi effetto farfalla.

48

Non riesco più a dormire. Sarà conseguenza dell'effetto farfalla.

Suleima mormora qualcosa nel sonno, una parola che non capisco, come piacere o dovere.

Mi alzo dal letto, ma in una camera d'albergo non c'è dove andare. Socchiudo piano le tende, la giornata è luminosa.

Porto il tablet in bagno. Seduto sul bordo della vasca controllo «Repubblica.it». L'Isis si avvicina, praticamente è dietro casa mia. Il papa fa scherzi telefonici a mezzo mondo. Gli italiani vanno a Londra, i londinesi vanno in Toscana, i giapponesi vanno a Venezia, gli americani vanno in Siria, i siriani vengono in Europa, nessuno che voglia stare al posto suo.

Accendo il corso rapido di spagnolo per venditori di granita a Formentera.

¿Qué hora es?
– Sette e mezzo.
¿Qué hora es?
– Que ora es. Sette e ventinove, per l'esattezza.
Un mal momento.
– Perché dici così?

Mal momento para ti.
– Mal momento. Hai ragione, è troppo presto.
Al que madruga, dios le ayuda.
– Che significa?
Al que madruga, dios le ayuda.
– Teresita, non intiendo.
Il matino ha l'oro in boca.
Ora la ammazzo a colpi di accetta.

Sull'homepage del «Corriere.it» c'è la notizia che i diritti di *Nutellah Dark Park* sono stati comprati in Germania, Francia, Slovenia e Norvegia. Paolo Mereghetti spiega che il film della regista birmana Tan Khin Shan ha un valore intrinseco e uno estrinseco perché la morte interna alla narrazione finisce per sovrapporsi alla morte esterna nel reale producendo un paradigma percettivo, il che mi sembra molto bello anche se non riesco a capire se Mereghetti ha visto il film, se gli è piaciuto o gli fa schifo.

Esco dal bagno, mi rivesto al buio. Suleima dorme, dice qualcosa nel sonno che non afferro: mare o amare. Le lascio un bacio sulla spalla per quando si risveglia. Scendo giù a fare colazione.

Alcune stanze sono aperte, vivisezionate dalle governanti in rumorosa fase di riassetto. Sono le camere degli sconfitti, ripartiti non appena hanno saputo che nel galà conclusivo di stasera per loro non c'è nemmeno un leoncino minore, neanche un premiolino della critica, neppure un soldatino di piombo.

La suite in fondo al corridoio ha ancora i sigilli di polizia. Era di Gea. Distolgo lo sguardo. Passo davanti alla camera di Arianna. La porta spalancata, il letto senza lenzuola. Mi affaccio dentro: c'è una cameriera con l'aspirapolvere a tutta forza.

– La signora è andata via? – chiedo.

La ragazza fa cenno che non sente.

– È andata via? – ripeto aiutandomi con la mano.

Niente, non sente.

– E spegni 'sto coso – grido.

Si rassegna a tacitare il suo Hoover da tremila watt.

– Cosa tu vuole?

– La donna che era in questa camera è andata via?

– No so io. Reception tu chiede.

– Ho capito. Io chiede reception.

– Bravo, tu chiede sotto.

– Brava, continua così e campi cent'anni.

Dalla camera accanto, gli occhi pesti di sonno e la reticella in testa del barone Cefalù in *Divorzio all'italiana*, spunta la faccia di Enzo.

– Enzo, dov'è Arianna?

– Che ore sono?

– Le sette e cinquantadue.

– Ma è un incubo.

– Perché ancora non ti sei visto allo specchio. Dov'è Arianna?

– È andata a dormire in un altro albergo. Non se la sentiva più di restare qui.

– Quale albergo?

– Ma fai uso di cocaina? Saverio, non sono nemmeno le otto.

– Enzo, in quale albergo è andata Arianna?

– Non lo so. Devo tornare a dormire, sennò avrò le borse agli occhi per tutto il giorno.
– Enzo, è importante. In quale albergo? Ti prego, cerca di ricordare.
– Non l'ha detto, Saverio. Perché sei così agitato?
– E se scompare? E se fa una fesseria? Se si suicida?
– Oddio, non dire così. Dovrò prendere dieci gocce di Xanax, sono sottosopra.
– Non dirle niente, Enzo. Ma appena la senti e capisci dov'è, fammelo sapere. Non vorrei che lasciasse il Lido. Potrebbe succedere qualunque cosa.
– Oddio. Dovrò prenderne almeno venti gocce.
La cameriera spia dalla porta socchiusa. Appena mi giro, si ritrae dentro la camera.
– Io no capisce. Io no sente. No vede. Io moldava.
– Brava, continua così. A Corleone dovevi nascere.

49

Alle nove ho già fatto colazione e letto «Il Fatto Quotidiano», il «Corsera», «La Repubblica» e «Il Giornale».
Alle dieci faccio di nuovo colazione e leggo «Il Sole-24 Ore», «Il Messaggero», «La Stampa» e «Libero».
Nessuno dei quotidiani nazionali parla di me. L'omicidio di Gea è risolto, pertanto irrilevante per la giallistica giornaliera. Mi accingo a studiare la stampa locale, per capire se almeno nel profondo nord resta traccia delle geste eroiche di Saverio Lamanna. Scrivono solo che Alo Pereira è stato messo in isolamento per proteggerlo dalle ritorsioni degli altri detenuti.

– Saveriuccio, come stai?

Non ci credo. Marina Tadde mi ha appena chiamato Saveriuccio.

– Vivo e contemporaneo.

– Mi sono preoccupata tanto tanto, sai?

– Immagino. Non riuscivi a chiudere occhio.

– Devi crederci, Saverio, è vero – fa Fiorenza e si siede al mio tavolo.

– In partenza? – chiedo, indicando i loro trolley.

– Sì, abbiamo il treno per Roma a mezzogiorno.

– Così finisce un amore.

– Quale amore? – ride Fiorenza.

– Piccions e la tua amica – addito Marina che si è spostata al buffet.

– A volte le cose continuano.

– La lontananza sai è come il vento.

– Lo so, fa dimenticare chi non s'ama.

– Fiorenza, tu conosci tutti. Ti dice niente il nome di Armando Mancini?

– Sì, l'ho incontrato ieri sera alla festa della Universal.

– Com'è?

– Com'è, in che senso?

– È bravo? Lavora? È gay?

– Se è gay non lo so e non me ne frega niente. Ieri era con un ragazzo che sembrava Andy Garcia da giovane, tutte se lo mangiavano con gli occhi.

– Pure tu?

– Io ho occhi solo per te – ride – in passato Mancini ha fatto qualcosina, niente di importante, ora credo si dedichi al teatro.

– Che tipo di teatro?

– Saverio, in Italia chi fa teatro in pratica è disoccupato.

– Capito. Fiorenza, mi fai un piacere? Lo chiami e gli chiedi dov'è?

– Che scusa m'invento?

– Ti occupi di pubbliche relazioni, saprai pure inventarti una balla. È il nostro mestiere, no?

Fiorenza si alza per telefonare, mentre Marina Tadde torna al tavolo con yogurt bianco e caffè americano.

– Sei antipatico, ma sei stato bravo.

- Grazie, Marina. So quanto ti costa un complimento.
- Potremmo fare pace, una volta per tutte?
- Non posso. Tutti hanno bisogno di un antagonista e io ho scelto te.

L'arrivo di Piccionello mi salva dal rischio di perdere la mia nemica per la pelle. Sulla maglietta nera di Peppe lo slogan odierno: «Life is a wonderful thing. In Sicilia di più».

- Enzo dice che Arianna non risponde al telefono – sussurra Peppe.
- Piccions, come farò a vivere senza di te? – cinguetta Marina.
- Prevedo una triste vecchiaia – faccio.
- Vaffanculo, Saverio. Con te non parlo più.
- Ecco Marina, ora ti riconosco. Vi lascio al vostro lungo addio.

Abbandono il tavolo. Non reggo il mélo. Mi avvicino a Fiorenza.

- Allora? – chiedo.

Mi fa capire di aspettare, indicando il cellulare all'orecchio.

- Bene, sono contenta di averti rivisto, Armando. Ci sentiamo appena torni a Roma così ne parliamo. Baci – e chiude la telefonata.

- Allora?
- Ho dovuto inventare che voglio diventare suo agente.
- Hai fatto un affare.
- Saverio, mi sono messa in un guaio, non mi mollerà mai più.

– Dov'è?
– Ha affittato un appartamento dopo Malamocco.
– Malamocco?
– Proprio in fondo al Lido. La casa rossa, dopo il vialone, superato il ponte, prima del campo da golf.
– E lì c'è la nonnina di Cappuccetto Rosso. Che razza di indirizzo è?
– Saverio, non esagerare. Ti ho già dato tanto – e mi ritrovo le labbra di Fiorenza troppo vicine.

Ma Dio aiuta stolti, ubriachi e picciriddi. Offro la guancia al bacio, giusto per intravedere Suleima dritta sulle scale. Mi sono appena salvato la vita.

50

Quaggiù è tutto diverso.
La laguna splende di azzurro, sembra mare.
Pedalo sulla bici dell'albergo, tagliando le ombre dei pini.

Una mamma spinge il passeggino, un pensionato torna dall'edicola col «Gazzettino» sottobraccio, una coppia si abbraccia sulla panchina a bordo acqua. Esiste il Lido, dunque, oltre la Mostra del Cinema. Provo a indovinare i discorsi di tre vecchie, ferme all'angolo della strada con le borse della spesa.

Quaggiù è tutto diverso, c'è un tempo intatto e lento: la catena della bicicletta a ogni giro segna un clic da orologio.

Messaggio. Suleima.

– Arianna ha contattato Enzo: sarà alla proiezione di stasera.

Accosto in una macchia d'ombra.
Altro messaggio.
– Ti ho visto con la tettona, cosa credi?
– Male non fare, paura non avere – rispondo.
– Ti offendi se sbaciucchio Harry Potter?
– No, tanto è gay.

– Ti farò sapere.

È di buon umore, meglio così. Riprendo a pedalare.

– Scusi, il campo da golf? – chiedo a un operaio dell'Enel.

– Alla fine del vialone, dopo il ponte sul canale.

Laggiù troverò la casetta di marzapane di Hänsel e Gretel.

Il telefono. Riconosco il numero: è il capo della mobile. Accosto.

– Lamanna, dove sei?

– In bici, al Lido.

– Beato te. Mi spieghi la ragione di tanta curiosità su Arianna?

– Niente, il mio editore mi ha chiesto di scrivere un libro e mi piace essere preciso.

– Lamanna, sono sbirro, ma non sono fesso. Non mi convinci.

– Capo, se viene fuori qualcosa sarai il primo a saperlo.

– Lamanna, questa frase la usano gli sbirri per coglionare i giornalisti. Non giochiamo a scambiare le parti.

– Te lo giuro. Non c'è niente, solo un'ipotesi.

– Io campo di ipotesi. Non riprovare a fare l'eroe sennò ti arresto.

– Pure tu. C'è già Randone che vuole ammanettarmi.

– Attento, Lamanna. Devi solo scegliere se preferisci il carcere di Venezia o di Palermo.

– Preferisco Sulmona, non ci sono mai stato.

– C'è poco da ridere.

– Tranquillo, capo.

- Tranquillo è morto da un pezzo, Lamanna.

Pedalando in bicicletta, pedalare senza fretta. Clic. Clic.

Il vialone, il ponticello, le indicazioni del campo da golf. La casa rossa. Deve essere qui. Lascio la bici, il cancelletto è aperto, premo il campanello sullo stipite. Ora spuntano Biancaneve e i sette nani.

Non risponde nessuno.

Busso di nuovo, mi arriva l'eco della suoneria al piano di sopra.

- Chi cerca? - mi sento dire alle spalle.

Ha una baguette di pane sotto il braccio, le cuffiette del telefonino nelle orecchie, la faccia di Andy Garcia da giovane. Ci scommetto che è il figlio di Aiello.

- Credo proprio te. Sono Saverio Lamanna.
- Siciliano?
- Si sente così tanto?
- Tanto no, ma si sente. Ti manda mio padre?

È passato al tu. Stiamo entrando in confidenza.

- Indovinato, sei un ragazzo intelligente - dico.
- Non è difficile. Non ci sarebbe altro motivo perché un siciliano venga a rompermi le palle fin qui.

Sono ammirato dall'uso del condizionale, del congiuntivo e della consecutio temporum. Smentisco chi dice che le nuove generazioni non conoscono più l'italiano.

- Non ho niente da dire - continua - a Mazara non ci torno.

Va per aprire il portone. Appena se lo richiuderà alle spalle, la nostra incipiente amicizia si spegnerà.

- Anche io sono scappato quando mio padre voleva

farmi presentare al concorso per notaio – dico, sperando che papà perdoni l'ennesima bugia.

– Il notaio è un buon lavoro – fa lui, mentre continua a cercare la chiave giusta che, per mia fortuna, non riesce a individuare.

– Mettiamo le carte in tavola, Vito. Ti chiami così, no?

– Sì.

– Hai ragione: tuo padre mi ha chiesto di cercarti. È molto preoccupato. Ma stamattina dice che non devo più trovarti. Fino a dopodomani.

– E perché?

– Non so. Spiegamelo tu.

– Dopodomani hai detto?

– Sì.

– Forse ho capito. È sempre il solito.

Ha trovato le chiavi. Apre il portone.

– Sei uno sbirro? – mi chiede.

– No.

– Un detective? Una specie di Philip Marlowe?

– Magari. Piuttosto, un Pepe Carvalho senza talento.

– Sali su. C'è solo pomodoro e mozzarella, però. Non so cucinare.

– Meglio, non ne posso più di cuochi a tre stelle.

51

– Il tuo amico Mancini dov'è?
– Stamattina è andato a Padova, aveva un appuntamento di lavoro.

Mi versa un altro bicchiere di bianco di Custoza. Rolla una canna, l'accende.

– Ne vuoi?
– Ho smesso di fumare.
– Non è fumo. È erba.
– Posso farti una domanda personale?
– Vuoi sapere se sono gay?
– Mi leggi nel pensiero.
– Posso darti una risposta personale? È una domanda idiota.
– A me non sembra.
– Perché sei antico. Ti faccio una domanda: sei buono o cattivo?
– Che c'entra?
– C'entra. Tutti possiamo essere buoni o cattivi, dipende. E tutti possiamo essere gay, dipende.
– De que depende?
– L'età, gli incontri, le occasioni.
– L'umidità dell'aria, l'anticiclone delle Azzorre.

– Sei scemo. Ne vuoi? – mi allunga la canna.
– No, grazie. Preferisco il vino.
– Questa è più sana. La sessualità cambia.
– The gay after. Vito, non farmi la lezione. Ho già superato i quarant'anni e sono un banale eterosessuale.
– Ci sono arrivato. Pensi che ho litigato con mio padre perché sono gay.
– Può essere una buona ragione.
– Ma chi sei, un aborigeno? Ho avuto delle ragazze. Ma ho avuto anche esperienze con uomini.
– 'Ndo cojo cojo, come dicono a Roma.
– Sei stronzo.
– Scusa, mi è scappata. Tuo padre lo sa?
– Allora non capisci. A mio padre non interessa. Le questioni sono altre.
– Stefano Aiello è moderno, quindi.
– Saverio, viviamo in Sicilia, mica in Arabia Saudita.
– E allora la questione qual è? È finito il vino.

Va a prendere un'altra bottiglia di bianco di Custoza dal frigo.

– Te lo racconto, ma se non dici a mio padre che mi hai trovato.
– Almeno fatti vivo con tua madre. La mamma è mamma.
– Come parli antico.
– Devo rinnovare il guardaroba. Allora?
– «Uomini e donne». Hai presente?
– Ho presente, non me ne perdo una puntata.
– Nemmeno mia madre. Un giorno, lei e papà han-

no mandato la mia foto e il curriculum alla trasmissione. E mi hanno chiamato a Roma.

– Preso al primo colpo. Complimenti.

– Io ci sono andato, per fare contenti loro due. Ma a me non me ne fregava niente. Io voglio fare l'accademia d'arte drammatica. Il provino con la De Filippi è andato bene. Ho fatto una, due puntate. Poi però mi sono scocciato. Che ci facevo là dentro? E così ho mollato tutto e sono tornato a Mazara. Non me l'hanno perdonata.

– Papà e mamma ti sognano tronista.

– Esatto. Per loro la televisione è tutto. Esiste solo ciò che passa in tivvù.

– Non sono gli unici. Lo pensa anche mezzo parlamento italiano.

– Mi hanno tenuto il muso per mesi, manco avessi rinunciato a un impiego alle poste. Dalla redazione continuavano a telefonare, a insistere per farmi tornare in studio, perfino l'Auditel era dalla mia parte: mia mamma inventava scuse, diceva che stavo poco bene. Non si voleva arrendere.

– La televisiun la g'ha na forsa de leun.

– Io dicevo: voglio fare l'attore. E quei due: ma è la stessa cosa, sei già in televisione, sei già un attore. Non c'era modo di far capire la differenza. Un giorno mio padre, incazzato nero, mi ha portato in mare. Se non vuoi andare in tivvù, ha detto, allora fai il pescatore, i soldi per perdere tempo a teatro te li scordi. E sono scappato. Avevo conosciuto Armando a Cinecittà, mi ha dato un tetto. È un brav'uomo.

267

– E tu sei tanto caruccio.

– Mancini è gay, ma io non ho una storia con lui né l'ho mai avuta. Saverio, ce l'hai mai un pensiero innocuo?

– A volte, ma me ne vergogno subito.

– Prometti che non dici niente a mio padre.

– Nemmeno che vivi felice e contento?

– Non c'è bisogno. Chiamo io, al momento giusto.

– Va bene. Ci vediamo stasera.

Quando scendo giù, Vito Aiello è affacciato al balcone. Mi guarda mentre monto in bicicletta.

– Marlowe in bici non l'avevo mai visto – grida.

– Sono un Chandler ecosostenibile, a impatto zero.

A oriente si accumulano nuvole nere. Il vento porta odore di bagnato, forse pioverà. Ho dimenticato di chiedere per quale ragione il padre di Vito mi ha detto di aspettare fino a dopodomani. Non mi va di tornare indietro, me lo farò spiegare più tardi. Sarà una serata interessante, ne sono sicuro.

52

Bisogna meritarlo il tappeto rosso. Attorno invece troppa gente che non lo merita affatto. E io tra loro. Toccava a Gea De Simone calcare la moquette da due euro al metro quadrato, impregnata di pioggia e di orme infangate. Era l'unica a credere al film che tutti stasera vedranno solo per dovere di presenza, ghignando dentro il colletto della camicia, con lo sbadiglio annidato nelle mascelle.

– Fai un sorriso, ci sono i fotografi – dice Suleima stringendomi il braccio.

Non ho voglia di sorridere, a stento tiro fuori una smorfia. I tre bicchieri di Jack Daniel's a stomaco vuoto, scolati poco fa al Lyon's, non aiutano.

Enzo mi viene incontro, mi colloca una spilla sul bavero della giacca: «For Gea. In memory». Naturalmente a favore dei teleobiettivi: siamo in scena. Bisogna azzeccare l'inquadratura giusta per la fotogallery.

– Potevamo evitare questa pagliacciata – sibilo.
– Gea lo avrebbe fatto – dice Enzo.
– Gea è morta.
– Per il film lo avrebbe fatto. Questa è la sua serata.
– Non dire cazzate. È la serata di chi è vivo e sta qui. Dov'è Arianna?

– Non lo so.

I fotografi hanno già puntato altrove: sul red carpet incede Monica Bellucci nell'aureola del pulviscolo di pioggia. La spilla per Gea è ormai uno scatto minore.

– Entriamo, dai – dice Piccionello.

– Non riesco ad abituarmi – gli dico, squadrandolo dalla testa ai piedi.

– A cosa?

– Al tuo smoking.

– Bello, vero? Me l'ha regalato Marina.

– L'hai già detto tre volte.

– È la verità.

– La verità. È cosa che si mangia?

Suleima mi spinge.

– Saverio, smettila. Sei intollerabile.

– Tu sei bellissima.

È la verità.

Se ne accorge anche il capo della mobile che all'ingresso del Palazzo del Cinema spizzica Suleima dai tacchi ai capelli, passando per tutto ciò che c'è nel mezzo.

– Lamanna, sei ubriaco?

– Non abbastanza per riuscire a sopportare il circo a tre piste.

– Mi presenti la tua ragazza?

– Suleima, ecco il più grande sbirro di Venezia. È palermitano, infatti.

– Lamanna, giura che ti comporti bene stasera.

– Lo giuro, capo – provo a fare il saluto scout, ma non mi riesce.

– Lo tenga a bada – dice a Suleima – stasera c'è mezzo mondo, compresa la diretta tivvù. Non vorrei perdere il posto.

Il cerimoniale ha fatto le cose proprio per bene. Tra le poltrone d'onore è stato lasciato un posto vuoto con il nome in evidenza di Gea De Simone e un bel mazzo di rose rosse. La produttrice è morta, la regista è in ostaggio, l'attore principale in prigione; più della metà degli spettatori tocca ferro.

A me, a Suleima, a Piccionello e a Enzo ci hanno collocato in ventisettesima fila, dopo avere insistito per tutto il giorno che la nostra presenza era essenziale per dare un volto alla Movie Valley.

Litigo con uno per farmi lasciare il posto lato corridoio, ma non riesco a convincerlo. Sono costretto ad andare nella poltrona assegnata, stretto fra Suleima e Piccionello. Resta un sedile vuoto accanto a Enzo.

– È di Arianna – dice.

– È morta pure lei? – faccio.

– Ha confermato che arriva – risponde Enzo e ricontrolla i messaggi sul telefono.

Vito Aiello con Armando Mancini entrano in sala. Mi sbraccio e sferro una gomitata in testa a uno seduto davanti. Si volta per cazziarmi: somiglia a un dirigente Rai che una volta, quando lavoravo al Viminale, mi chiese una raccomandazione per il permesso di soggiorno alla badante di sua madre.

Aiello mi saluta da lontano indicandomi a Mancini, mentre Suleima e Piccionello mi tirano dalla giacca per rimettermi giù.

– Se non fai il bravo ti porto via – sussurra Suleima. Sul palco c'è una bona come il pane che presenta, per esteso, il direttore della Mostra Internazionale d'Arte Cinematografica di Venezia. Microfono al direttore: sarò breve, questo film, una rivelazione, l'avanguardia, il dramma, la tragedia, il paradigma percettivo (questa la so, l'ha copiata da Mereghetti), la memoria, il presente, l'omaggio, applausi, ancora applausi.

Colpo di scena. Dalle quinte spunta Arianna.

La giornata di latitanza le ha fatto bene: black dress outfit e tacco dodici. Si fa guardare, e poi da quaggiù non si capisce che è più cattiva della matrigna di Cenerentola.

Silenzio in sala.

– Gea era la mia migliore amica, da sempre. Stasera però non voglio parlare di quanto mi manca, di quanto ci manca. Non voglio parlare della sua assenza, della sua morte che ancora una volta ci dice che le donne, in questo nostro paese, sono purtroppo vittime di violenze. Troppe violenze, troppe vittime: ormai intollerabili...

Applauso obbligatorio e politicamente correttissimo.

Arianna riprende con voce incrinata.

– Non voglio parlare dei sogni e dei progetti che abbiamo sempre condiviso. Voglio parlare di Gea De Simone, produttrice coraggiosa e di grande intuito, capace di rischiare e di guardare lontano, come ha fatto mettendo tutto il suo impegno nel film che vedremo fra poco. Un'opera che ha voluto realizzare per tutti noi, perché ci credeva e ci ha creduto sempre, anche quando la sua concezione del cinema non era compresa appieno, perfino in questo luogo... *Fully*

Mormorio d'assenso tra il pubblico.

– Questa serata è per Gea De Simone. Ci ha voluto lasciare questo regalo, un regalo che oggi faccio mio e che voglio condividere con tutti voi. Vorrei che riusciste a vederlo con l'amore e con gli occhi di Gea, con la sua grande passione per questo meraviglioso mestiere che è il cinema. Difficile, complicato, ma sempre speciale. Come speciale era Gea De Simone. Ciao Gea, sarò sempre con te. Dovunque.

Standing ovation. Tutti in piedi, Piccionello si asciuga una lacrima, faccio finta di non vedere.

Buio. Titoli di testa. *Nutellah Dark Park*.

Sullo schermo si affaccia Alo Pereira. Buuu del pubblico in sala. Insulti. La proiezione continua, il dissenso si spegne.

Suleima è concentrata.

– Ti piace? – chiedo.

– Stai zitto – dice. Ha gli occhi liquidi.

– Mi scappa la pipì – sussurro.

– Ti devo accompagnare? Mica hai tre anni.

– E basta, silenzio – protesta il sosia del dirigente Rai.

Scavalco Suleima, scavalco Enzo, urto le ginocchia di altre tre persone, mi prendo le proteste degli spettatori seduti dietro e finalmente conquisto il corridoio.

Cerco la luce verde con l'omino che corre al cesso.

Non riesco a crederci, la gente ancora non si è accorta che il film è una gran minchiata.

Spingo il maniglione antipanico. Non è il bagno, ma un'uscita di sicurezza. Provo a rientrare. Impossibile, la porta si è richiusa. Provo ad aprirne un'altra: si affaccia su una scala. Scendo, uscirò da qualche parte. Il problema, semmai, sarà rientrare in sala.

Corridoio a destra, altro corridoio a sinistra, altra scala, porta chiusa, porta aperta, scaletta di ferro. Resterò per sempre nel Palazzo del Cinema, il nuovo fantasma dell'opera. Magazzino attrezzi, vietato l'accesso, only staff. Apro. Sbuco nel retropalco, dietro lo schermo.

Piegata su una cassa di legno c'è Arianna. Guarda il film al rovescio e sembra stia piangendo, le scarpe tacco dodici buttate a terra di lato.

– Sei brava a fingere – le dico.

Alza gli occhi, non sembra stupita di vedermi.

Mette un dito sulle labbra, in segno di silenzio.

– Sssh, è il mio film.

53

Questa qui mi prende per il culo.

Non ho mai picchiato una donna, solo a diciassette anni mollai una sberla a una ragazza che cantilenava all'infinito la stessa frase – perché lo hai fatto? – per qualcosa che non ricordo.

Afferro Arianna per un braccio, la tiro in piedi.

– Ora vieni con me – dico minaccioso.

– Ma chi cazzo sei? Che vuoi?

– No, chi sei tu. Che ci facevi alle sei del mattino nella stanza di Gea?

– Straparli, non capisci niente.

– Eri gelosa di Gea? La volevi tutta per te? L'hai ammazzata per questo, vero?

– Sei ubriaco.

Si divincola, mi spinge lontano. Finisco contro lo schermo che si gonfia sotto il mio peso. Sento i tiranti che cedono, il rumore dello strappo.

Boato di stupore del pubblico.

Arianna mi tira addosso una scarpa. E scappa via.

In sala accendono le luci, proiezione interrotta. Forte brusio del pubblico pagante e non pagante.

Mi rialzo. Un tecnico spuntato dal nulla tenta di bloccarmi.

– E vaffanculo – gli mollo una pedata sullo stinco, crolla dal dolore.

Arianna ha infilato l'uscita verso i camerini. Le corro dietro, ma il ginocchio mi fa troppo male.

Seguo i corridoi, risalgo le scale, spingo porte chiuse, salgo ancora. Arrivo ai bagni. Entro in quello degli uomini: nessuno. Provo in quello delle donne. La sento, è qui. Non è sesto senso. Dalla cabina di un cesso arriva l'ansimare affannato di Arianna.

Scivolo a terra, la schiena contro la porta chiusa. Il ginocchio pulsa.

– Eccoci – dico.

Tira una pedata, la porta traballa e mi scuote.

– Ti sei ficcata in trappola.

– Coglione.

– Ti racconto una storia, vediamo se ti piace.

– Stai zitto, stronzo.

– Due ragazzine, una ricca e l'altra povera, una bella e una così così. Sono amiche, forse la bruttarella è un poco innamorata dell'altra, cose che succedono...

– Non sai niente.

– Ascolta, non è finita. Passano gli anni ma otto son lunghi, come dice il ragazzo della via Gluck. Forse non si sono mai perse di vista, forse si incontrano dopo tempo. La ragazza bella ha molti soldi e qualche idea, la brutta molte idee e niente soldi. Lavorano assieme. Però una comanda, l'altra esegue. L'amicizia è messa alla prova, tieni conto che ci sono di mezzo uomini, amori, scazzi, sentimenti. Fanno un film, vanno a Venezia: finalmente la grande occasione. Il trionfo, ma solo per la bella con i soldi...

Arianna non dice più niente e respira forte. Vado avanti.

– L'altra invece sempre tra le quinte, l'ho capito appena ti ho vista dietro lo schermo. Hai detto: il film ora è mio. Forse era veramente tuo, ci hai buttato l'anima. Ma eri solo un nome nei titoli di coda, mentre Gea avrebbe raccolto tutti gli onori. Il resto, a cominciare da quel cretino di Pereira, è solo un pretesto. Tu potevi esistere solo con Gea, ma per trionfare dovevi essere sola. Non pensavi di ucciderla, ma per troppi anni avevi tenuto tutto dentro. L'amore, la gelosia, l'invidia. E quando l'hai colpita lo hai fatto forte, troppo forte, con tutta la rabbia. È andata così, no?

Sembra stia piangendo. Ma non sono sicuro.

– Toc toc, sei ancora lì?

Tira un'altra pedata alla porta chiusa.

– Dici solo cazzate – urla.

– Può essere. Scrivo storie, le invento, a volte mischio finzione e realtà. Lo facciamo tutti, no?

– Io non c'entro con la morte di Gea.

– C'entriamo tutti. Io, Pereira, il cinema, Venezia. E pure tu.

Un poliziotto si affaccia nel bagno.

– Dottore, c'è qualcuno – grida.

Arrivano i nostri.

Mi rialzo a fatica e nel corridoio trovo un intero battaglione.

– Lamanna, lo immaginavo: questo bordello è opera tua – dice il capo della mobile con la faccia veramente incazzata.

– Non è come pensi. Lo sai chi c'è lì dentro? – e indico il cesso delle donne.

– Menichini Arianna. Indovinato?

– Bravo. Come hai fatto?

– Ero qui proprio per lei, se mi lasciavi lavorare avremmo fatto meno schiumazza.

– Schiumazza. Mi piaci quando riaffiora in te il lessico panormita.

– Lamanna, ti rispedisco a calci in culo fino in Sicilia.

I poliziotti entrano nel bagno. Non devono fare molta fatica: Arianna apre la porta docilmente.

Il corridoio è stretto, mi appiattisco sulla parete mentre passa Arianna accompagnata dagli agenti.

– Signorina Menichini, la portiamo in questura per qualche domanda – dice il capo della mobile.

Arianna annuisce. Mi fissa negli occhi.

– Le tue storie non hanno senso, non capisci niente.

E poi tira fuori la lingua. Proprio così. E il pathos si sgretola.

La vedo scendere per le scale, scalza, mentre una poliziotta le tiene il braccio all'altezza del gomito.

– Bello spettacolo, complimenti – dice il capo.

– Un po' di brivido, tanto il film faceva schifo.

– In sala c'è il questore, mi ha ripassato dalla testa ai piedi.

– Mi dispiace.

– Ti dispiace? Se mi licenziano puoi inserirmi nel tuo stato di famiglia.
– Da solo o con moglie?
– Che hai sulla fronte? – mi chiede.
Passo un dito, c'è un po' di sangue.
– Mi ha tirato una scarpa tacco dodici – dico.
– Feticista.
– Mi spieghi perché cercavi Arianna Menichini?
– Pensavi che avremmo aspettato te e le tue alzate d'ingegno? Quando sei venuto in ufficio con le tue domande su Arianna, sugli orari, sui vestiti, mi sono insospettito.
– E hai messo in moto le cellule grigie.
– Il giorno dell'omicidio avevamo preso le immagini a circuito chiuso dell'albergo: una telecamera di sicurezza era collocata pure nel corridoio davanti alla stanza di Gea. Solo che nessuno dei miei le aveva guardate, tanto il colpevole era Pereira, non c'erano dubbi. Ho cazziato tutta la squadra, a volte si sbaglia per troppa sicurezza. Abbiamo guardato la registrazione e alle sei del mattino si vede Arianna Menichini che entra e poco dopo esce dalla camera di Gea.
– Con la calza strappata?
– Questo non si vede, le immagini sono di bassa qualità. Ora tocca a te. Tu come lo sapevi?
– Me l'hanno raccontato.
– Chi?
– Una persona. Non possiamo tenerla fuori?
– Lamanna, non siamo in un telefilm americano. Se c'è un testimone deve testimoniare.

- È così giovane.
- Ho capito. È la tua ragazza?
- Sì.
- Posso farti un piacere. Lascio fuori te.
- E ci credo. Altrimenti fate la figura degli eterni secondi.
- Lamanna, non dire cazzate. Porta la tua ragazza in questura. Poi, domani mattina, sali sul primo aereo e ti togli per sempre dalle palle.
- Pensavo di piacerti.
- Mi piaci. Ma da lontano.
- Come la Sicilia. Da lontano duole meno.

54

– C'è da aspettare ancora molto? – chiede Piccionello dalla cabina del motoscafo.
– Il tempo che ci vuole – gli rispondo.
Riprendo a baciare Suleima sul pontile dell'Excelsior, mentre il motore del mototaxi pompa piano nell'acqua. Mi sarà concesso un dignitoso addio?
– Vai, si fa tardi – fa Suleima.
– Fra tre settimane, allora?
– Sì, per il Cous Cous Festival.
– Non vuoi proprio che venga con te?
– A casa mia? Mai. Ho un ruolo da difendere.
– Sono così impresentabile?
– Non affrettare le cose.
– Pochi giorni fa eri la madre dei miei figli.
– Dai, sali su, altrimenti Piccionello si arrabbia.
Monto sul motoscafo che con un singulto si avvia per il canale. Resto a guardare Suleima sulla banchina che saluta con la mano. Nella categoria dei distacchi lancinanti il mezzo marittimo prevale pertino sul treno a vapore di Anna Karenina.
– Questa scena è da tagliare – sbuffa Piccionello. Por-

ta una maglietta rossa, quasi poetica: «La Sicilia si sconta vivendo(ci)».

– I fatti tuoi mai, vero, Peppe?
– Se mi facevo i fatti miei, addio Suleima.
– Come farei senza di te?
– Me lo chiedo anch'io.

Facciamo il resto della traversata in silenzio, il cielo terso, la brezza di laguna sulla faccia, il profilo di Venezia che sfila lontano e rimpicciolisce.

– Come fa a non piacere? – dico.
– E a chi non piace? – conclude Piccionello.

Anche per stamattina abbiamo recitato la litania del luogo comune.

I gabbiani volano bassi sull'acqua quando arriviamo alla banchina del Marco Polo. Prima di attraccare vedo il motoscafo della polizia che ondeggia piano agli ormeggi, il capo della mobile a gambe larghe sul pontile.

– Non dovevi disturbarti – faccio mentre scendo a terra.

– Mi assicuro soltanto della tua partenza. Fra venti giorni mi sposo e saresti capace di rovinarmi il matrimonio.

– Mi attribuisci capacità superiori alle mie doti.

– Delle tue virtù non voglio sapere niente, delle tue capacità pago ancora il prezzo. Bella questa maglietta, Piccionello, dove l'ha presa?

– Le inventa la figlia di mia cugina – dice Peppe.

– Quella è un cervellone – aggiungo.

– È la verità. Anzi, gliene regalo una.

Tira fuori dalla sacca della Polisportiva Virtus Alcamo una maglietta blu. C'è scritto così: «Sicily. L'isola che c'è, ma non ci fa».

– Geniale – fa il capo della mobile.

– Te l'ho detto. È un cervellone, queste opere d'arte stanno pure al Moma – commento.

– Veramente?

– Non gli dia retta. È solo un cretino invidioso – dice Piccionello.

– Grazie, Piccionello. La vostra amica alla fine ha cantato.

– Cantato? Sembri un cronista di nera degli anni Cinquanta, ti manca solo il borsalino.

– Lamanna, non rompere. Avevi ragione, cosa vuoi di più? La Menichini ha ammesso di aver colpito Gea con un posacenere di vetro massiccio durante un litigio. Non ha voluto spiegare le ragioni. È una tosta, si tiene tutto dentro.

– Che idea ti sei fatto?

– Lamanna, c'è gente che ammazza senza nemmeno una ragione. Voi scrittori vi dannate per cercare trame complicate, ma la vita è terribile quanto stupida.

– E Pereira? Hai visto la foto che ti ho mandato?

– L'ho vista. In effetti, sembrano ferite provocate da un incidente, stiamo verificando.

– Così adesso lo scarcerate con tante scuse e lo ritroviamo un giorno sì e uno no in televisione a recitare la parte dell'agnellino di Pasqua: sostiene Pereira. Era meglio se mi facevo i fatti miei, come ci hanno insegnato da piccoli in Sicilia.

– Pereira resterà un altro bel pezzo in galera. Le immagini a circuito chiuso raccontano che alle otto e mezzo è entrato nella camera di Gea, l'ha trovata morta o in fin di vita, ha avuto paura ed è scappato. Omissione di soccorso e forse favoreggiamento non glieli toglie nessuno. Contento?

– Vedi, Piccionello? La giustizia in Italia funziona.

– Veramente mio zio ha aspettato vent'anni per fare abbattere la veranda abusiva di un vicino.

– Ma c'è riuscito?

– No, è morto lui e pure il vicino, il processo non è ancora finito.

– Peppe, ogni caso è un caso a sé. E poi bisogna conoscere gli atti – faccio.

– Bravo Lamanna, è la cosa che tento di spiegare ai tuoi colleghi giornalisti – dice il capo della mobile.

– Non offendiamo. Il giornalismo è malattia dalla quale si può guarire. E io sono guarito.

Ai controlli di sicurezza il tesserino del capo della mobile ci fa passare lisci e veloci, senza bisogno di togliere scarpe e cintura.

– Stanno imbarcando il vostro volo per Palermo.

– Grazie, capo. Quando tornerai in Sicilia? – chiedo.

– Per lavoro? Mai. È la promessa che ho fatto a mia madre quando sono entrato in polizia.

– Ho conosciuto suo padre – dice Piccionello – una volta al porto di Palermo. Ero un ragazzo, imbarcato per la prima volta su una nave. Ci fu una rissa tra marinai italiani e ciprioti, accoltellarono uno. Suo padre mi interrogò. Non avevo visto niente, ma avevo una paura nivura. Mi fottono, pensavo. Suo papà mi offrì il caffè, mi trattò bene. Aveva capito che nulla dicevo perché nulla sapevo. Ci siamo messi a parlare di cose di mare, mi raccontò che andava a pescare i ricci con suo figlio. Diceva: 'sto scataddizzo è più bravo di me. Era orgoglioso, gli brillavano gli occhi.

Brillano gli occhi al capo della mobile.

– Buon viaggio, un giorno vengo da voi a Màkari a pescare ricci.

Sulla scaletta dell'aereo non resisto alla curiosità.

– Peppe, la storia che hai raccontato è vera o l'hai inventata sul momento, per farlo contento?

– Tu pensi che sono tutti come te.

– Cioè?

– Racconti storie per farti bello.

– Vedi che anche la storia di Thomas Mann è inventata.

– Che c'entra. Lui è Thomas Mann, tu sei Saverio Lamanna. C'è differenza, no?

Sì, troppa differenza.

55

Il basilico è seccato. La cugina di Peppe Piccionello giura di averlo innaffiato ogni giorno, ma non ci credo. La grasta di menta invece sta bene. Ci vuole fortuna perfino a nascere menta o basilico.

A Màkari è ancora estate piena, pure se in spiaggia c'è poca gente. I turisti sono ripartiti e i siciliani già a fine agosto, ormai gonfi di sole e mare, disertano i lidi. Ci torneranno a novembre, nell'estate che Hemingway chiamava indiana, per il piacere di raccontarlo su facebook ai parenti emigrati al nord. Piccole soddisfazioni di chi vive in Sicilia e si consola così.

Peppe Piccionello ha appeso lo smoking nell'armadio.

– E ora che me ne faccio? – ha detto.

– Puoi venderlo a un cameriere del ristorante Cusenza – gli ho risposto.

– Vendo il regalo di Marina?

– Lo ammiri ogni tanto e ripensi all'unica volta in cui sei stato elegante.

Mi ha mandato a quel paese. In mutande e infradito, è tornato nei suoi panni. «La Sicilia, bella con l'anima» c'è scritto sulla sua maglietta azzurra.

Il telefono.

– Saverio, quando sei tornato da Venezia?

– Ieri, papà.

– E non sei passato da Palermo?

– Sono passato, ma non c'eri. Non rispondevi nemmeno al telefono.

– Hai ragione. Ero ad Altavilla Milicia, alle nozze di rubino di Mimì.

– Nozze di rubino? Mai sentite.

– Quarant'anni di matrimonio.

– Si festeggiano?

– Mimì ha detto che voleva festeggiare, perché magari alle nozze d'oro non ci arriva.

– Sta male?

– Ma quando mai. Ha detto che non sa se ci arriva con la stessa moglie.

– È sempre il solito.

– Saverio, sei stato bravo. L'ha detto anche Mimì, e sai quant'è camurruso.

– Grazie, papà.

– Ma perché l'ha fatto? Si è capito?

– Papà, non la vedi la televisione? La gente ammazza per stronzate, senza nemmeno una buona ragione.

– È vero. Non ci sono più i moventi di una volta. Poi me la racconti meglio.

– Volevo, ma non sei mai a casa. C'era pure Piccionello, voleva salutarti.

– Ah, peccato. Se sapevo che eri con Piccionello restavo a Palermo.

– Per Piccionello sì e per me no?

– Quanto sei permaloso. Piccionello è uno di famiglia.

– E io?
– Tu sei la famiglia.
– Capisco. Perché non vieni a Màkari? Qui è bellissimo.
– Non credo.
– Non credi di poter venire o non credi che è bellissimo?
– Non credo e basta.
– Allora tra qualche giorno vengo io a Palermo.
– Avvisami, così faccio preparare la parmigiana da Maricchiedda.
– Ciao papà.
– Salutami Piccionello.

Le giornate si accorciano. Monte Cofano è già scuro di ombre. Chi ha detto che aprile è un mese crudele? È più feroce settembre.

Apro il frigo. Tiro fuori i fichidindia sbucciati. Li porto sul terrazzino con un bicchiere di inzolia. Sulla poltrona dove sedeva ogni sera mia madre aspetto che si spenga il tramonto.

Penso a Gea, ad Arianna. A Suleima. Che cosa complicata essere donne. Non ci riuscirei mai. Per i maschi è più facile: c'è la guerra, c'è l'amore, qualche amico e un bicchiere di vino.

– Che fai al buio?
– Niente, Peppe. Un po' di critica della ragion pratica.
– Mia cugina ha fatto il ragù di tonno. Buonissimo, senti il profumo.
– Speciale, ci metterei due foglie della mia menta sopravvissuta.

– Hai un pacco di reginella?

– No, paccheri o spaghettoni.

– Col ragù di tonno ci va la reginella.

– Peppe, mi dispiace. Accontentiamoci: dove manca la sapienza supplisce l'ignoranza.

Pignata guardata non bolle mai, diceva mia madre. Ci ripenso specchiandomi nell'acqua dentro la pentola sul fuoco.

Un messaggio sul telefono.

– Guarda Rai 3, così capisci.

Firmato Vito Aiello.

– Peppe, accendi la televisione.

– Che fanno?

– Non lo so. Metti su Rai 3.

– Minchia, che ci fa Stefano Aiello in televisione? – fa Peppe.

– Aumenta il volume.

La voce di Aiello riempie lo studio di «Chi l'ha visto?» e casa mia.

– ... dispiacere. Vito, se ti abbiamo fatto qualcosa, perdonaci. Noi non ti abbiamo mai giudicato, lo sai. Mamma e papà ti vogliono bene e vogliono il tuo bene. Vedi come soffre mamma?

La telecamera allarga sul divano del salotto Aiello e inquadra la mamma dolente, tra le mani la foto incorniciata di Vito.

– Abbiamo sempre fatto tanti sacrifici per te – dice Stefano Aiello.

– È vero – annuisce la mamma.

– Per darti il meglio perché te lo meriti.

– È vero.

– Ma non puoi lasciarci senza tue notizie, la mamma così ne muore.

– È vero.

– Forse abbiamo sbagliato per troppo affetto, ma ti promettiamo che ti lasceremo libero di fare quello che desideri.

– È così, signora? – chiedono dallo studio di Roma.

– È vero – ripete la mamma in collegamento audiovideo da Mazara.

L'acqua finalmente bolle, si sente il borbottio.

– Peppe, spegni la televisione.

– Fammi sentire cosa dicono.

– Spegni.

– Prima accendi, poi spegni. Sei un dittatore.

Ripasso gli spaghettoni nel ragù di tonno, aggiungo due foglie di menta fresca.

– Il tuo amico Aiello non voleva ritrovare suo figlio prima di oggi perché aveva già preso accordi con la televisione – dico.

– Però si vede che è addolorato.

– Ognuno ha il suo dolore. Quello di Aiello è troppo telegenico per i miei gusti. Peppe, avvicina i piatti.

Mangiamo in silenzio. Il ragù è spettacolare e lo spaghettone ci sta meglio della reginella, checché ne dica Piccionello.

Mando un messaggio a Vito Aiello.

– Ho visto. Tu però chiama tuo padre.

– L'ho fatto. Mi ha chiesto se posso collegarmi con la tramissione, così facciamo tutto in diretta – mi scrive.

- È la televisione. Niente vero, niente finto, ma solo spettacolo – rispondo.
- Hanno fatto pace? – chiede Piccionello mentre lava piatti e bicchieri.
- Tale padre, tale figlio. Usano la tivvù come un citofono. I particolari alla prossima puntata. Non cambiate canale.
- Mi sembrano tutti pazzi.

Mi affaccio in terrazza. Ho trovato una Camel nascosta nel taschino di una giacca che non mettevo da tre mesi. L'accendo e butto il fumo contro il cielo.

Stanotte è pieno di stelle. Che spettacolo. Non cambiate canale.

Ringraziamenti

Vado sempre a leggere la pagina dei ringraziamenti perché credo che un libro, qualsiasi libro, sia un'opera collettiva anche se è firmata da un solo autore. La nota finale di gratitudine traccia il perimetro del territorio entro il quale il testo si è mosso, discretamente e nel suo farsi libro, prima di diventare pubblico. Così il metatesto, come dicono quelli bravi, offre uno spaccato di amicizie, relazioni e discussioni che esercita irresistibile fascino su chi è affetto dal morbo della curiosità.

Grazie ad Antonio Sellerio, innanzitutto. Perché le sue sollecitazioni hanno vinto pigrizie, indolenze e pudori. Un grazie speciale a Mattia Carratello che ha lavorato di fino, condividendo serate straordinarie. A Floriana Ferrara, a Chiara Restivo, a Maurizio Vento, a Francesca Mazza e a tutta la super redazione della casa editrice. Grazie a Valentina Alferj che ha letto, riletto e consigliato con la sua solita furiosa spavalderia. A Momi Barugi devo moltissimo perché conosce Saverio Lamanna e Peppe Piccionello meglio di me, questo libro è anche suo.

In questa storia che prova a farsi romanzo devo ringraziare quanti hanno partecipato amichevolmente, con il loro nome e le mie parole, alla trama. Dovrei metterli nei titoli di testa, in ordine di apparizione: Marilù Terrasi, Fulvia Caprara, Mimmo Calopresti, Alessandro Ongarato nel ruolo di se stessi. Ringrazio anche, sempre in ordine di apparizione, Naomi Watts, Robert Downey Jr., Kevin Costner, Daniel Radcliff, Megan Fox, Giuseppe Tornatore, Alejandro Gonzáles Iñárritu, Juliette Binoche, Gabriele Salvatores, Viggo Mortensen, Emmanuelle Béart, Kristin Scott Thomas, Jude Law, Luca Zingaretti, Gwyneth Paltrow e Monica Bellucci che ho portato sulla mia scena, a loro insaputa: spero di non dover mai ricevere una telefonata dai loro agenti.

Un grazie speciale a tutti gli amici che ho tormentato con domande, interrogativi e ossessioni. A chi ha letto con fatica, con affetto, con amore. A chi ha dato consigli e a chi non li ha dati. Un saluto a Marco Amato che non ho fatto in tempo a ringraziare, perché se ne è andato troppo in fretta da qualche parte che non so. E, naturalmente, ad Anna Rita e a Francesco Paolo che sanno fin troppo bene quel che succede nel backstage.

G. S.

Indice

La fabbrica delle stelle

1	11
2	19
3	25
4	34
5	37
6	42
7	47
8	54
9	61
10	65
11	71
12	77
13	84
14	93
15	99
16	104
17	111
18	120
19	123

20	129
21	133
22	138
23	144
24	149
25	154
26	158
27	162
28	166
29	169
30	172
31	175
32	179
33	184
34	189
35	196
36	199
37	205
38	208
39	211
40	216
41	220
42	224
43	229
44	233
45	239
46	243
47	250
48	253
49	257

50	261
51	265
52	269
53	275
54	281
55	286
Ringraziamenti	293

Questo volume è stato stampato
su carta Arena Ivory Smooth
delle Cartiere Fedrigoni
nel mese di gennaio 2022

Stampa: Officine Grafiche soc. coop., Palermo

Legatura: LE.I.MA. s.r.l., Palermo

La memoria

Ultimi volumi pubblicati

901 Colin Dexter. Niente vacanze per l'ispettore Morse
902 Francesco M. Cataluccio. L'ambaradan delle quisquiglie
903 Giuseppe Barbera. Conca d'oro
904 Andrea Camilleri. Una voce di notte
905 Giuseppe Scaraffia. I piaceri dei grandi
906 Sergio Valzania. La Bolla d'oro
907 Héctor Abad Faciolince. Trattato di culinaria per donne tristi
908 Mario Giorgianni. La forma della sorte
909 Marco Malvaldi. Milioni di milioni
910 Bill James. Il mattatore
911 Esmahan Aykol, Andrea Camilleri, Gian Mauro Costa, Marco Malvaldi, Antonio Manzini, Francesco Recami. Capodanno in giallo
912 Alicia Giménez-Bartlett. Gli onori di casa
913 Giuseppe Tornatore. La migliore offerta
914 Vincenzo Consolo. Esercizi di cronaca
915 Stanisław Lem. Solaris
916 Antonio Manzini. Pista nera
917 Xiao Bai. Intrigo a Shanghai
918 Ben Pastor. Il cielo di stagno
919 Andrea Camilleri. La rivoluzione della luna
920 Colin Dexter. L'ispettore Morse e le morti di Jericho
921 Paolo Di Stefano. Giallo d'Avola
922 Francesco M. Cataluccio. La memoria degli Uffizi
923 Alan Bradley. Aringhe rosse senza mostarda
924 Davide Enia. maggio '43
925 Andrea Molesini. La primavera del lupo
926 Eugenio Baroncelli. Pagine bianche. 55 libri che non ho scritto
927 Roberto Mazzucco. I sicari di Trastevere
928 Ignazio Buttitta. La peddi nova
929 Andrea Camilleri. Un covo di vipere
930 Lawrence Block. Un'altra notte a Brooklyn
931 Francesco Recami. Il segreto di Angela
932 Andrea Camilleri, Gian Mauro Costa, Alicia Giménez-Bartlett, Marco Malvaldi, Antonio Manzini, Francesco Recami. Ferragosto in giallo
933 Alicia Giménez-Bartlett. Segreta Penelope
934 Bill James. Tip Top

935 Davide Camarrone. L'ultima indagine del Commissario
936 Storie della Resistenza
937 John Glassco. Memorie di Montparnasse
938 Marco Malvaldi. Argento vivo
939 Andrea Camilleri. La banda Sacco
940 Ben Pastor. Luna bugiarda
941 Santo Piazzese. Blues di mezz'autunno
942 Alan Bradley. Il Natale di Flavia de Luce
943 Margaret Doody. Aristotele nel regno di Alessandro
944 Maurizio de Giovanni, Alicia Giménez-Bartlett, Bill James, Marco Malvaldi, Antonio Manzini, Francesco Recami. Regalo di Natale
945 Anthony Trollope. Orley Farm
946 Adriano Sofri. Machiavelli, Tupac e la Principessa
947 Antonio Manzini. La costola di Adamo
948 Lorenza Mazzetti. Diario londinese
949 Gian Mauro Costa, Alicia Giménez-Bartlett, Marco Malvaldi, Antonio Manzini, Francesco Recami. Carnevale in giallo
950 Marco Steiner. Il corvo di pietra
951 Colin Dexter. Il mistero del terzo miglio
952 Jennifer Worth. Chiamate la levatrice
953 Andrea Camilleri. Inseguendo un'ombra
954 Nicola Fantini, Laura Pariani. Nostra Signora degli scorpioni
955 Davide Camarrone. Lampaduza
956 José Roman. Chez Maxim's. Ricordi di un fattorino
957 Luciano Canfora. 1914
958 Alessandro Robecchi. Questa non è una canzone d'amore
959 Gian Mauro Costa. L'ultima scommessa
960 Giorgio Fontana. Morte di un uomo felice
961 Andrea Molesini. Presagio
962 La partita di pallone. Storie di calcio
963 Andrea Camilleri. La piramide di fango
964 Beda Romano. Il ragazzo di Erfurt
965 Anthony Trollope. Il Primo Ministro
966 Francesco Recami. Il caso Kakoiannis-Sforza
967 Alan Bradley. A spasso tra le tombe
968 Claudio Coletta. Amstel blues
969 Alicia Giménez-Bartlett, Marco Malvaldi, Antonio Manzini, Francesco Recami, Alessandro Robecchi, Gaetano Savatteri. Vacanze in giallo
970 Carlo Flamigni. La compagnia di Ramazzotto
971 Alicia Giménez-Bartlett. Dove nessuno ti troverà
972 Colin Dexter. Il segreto della camera 3
973 Adriano Sofri. Reagì Mauro Rostagno sorridendo
974 Augusto De Angelis. Il canotto insanguinato
975 Esmahan Aykol. Tango a Istanbul
976 Josefina Aldecoa. Storia di una maestra
977 Marco Malvaldi. Il telefono senza fili
978 Franco Lorenzoni. I bambini pensano grande
979 Eugenio Baroncelli. Gli incantevoli scarti. Cento romanzi di cento parole

980 Andrea Camilleri. Morte in mare aperto e altre indagini del giovane Montalbano
981 Ben Pastor. La strada per Itaca
982 Esmahan Aykol, Alan Bradley, Gian Mauro Costa, Maurizio de Giovanni, Nicola Fantini e Laura Pariani, Alicia Giménez-Bartlett, Francesco Recami. La scuola in giallo
983 Antonio Manzini. Non è stagione
984 Antoine de Saint-Exupéry. Il Piccolo Principe
985 Martin Suter. Allmen e le dalie
986 Piero Violante. Swinging Palermo
987 Marco Balzano, Francesco M. Cataluccio, Neige De Benedetti, Paolo Di Stefano, Giorgio Fontana, Helena Janeczek. Milano
988 Colin Dexter. La fanciulla è morta
989 Manuel Vázquez Montalbán. Galíndez
990 Federico Maria Sardelli. L'affare Vivaldi
991 Alessandro Robecchi. Dove sei stanotte
992 Nicola Fantini e Laura Pariani, Marco Malvaldi, Dominique Manotti, Antonio Manzini, Francesco Recami, Gaetano Savatteri. La crisi in giallo
993 Jennifer Worth. Tra le vite di Londra
994 Hai voluto la bicicletta. Il piacere della fatica
995 Alan Bradley. Un segreto per Flavia de Luce
996 Giampaolo Simi. Cosa resta di noi
997 Alessandro Barbero. Il divano di Istanbul
998 Scott Spencer. Un amore senza fine
999 Antonio Tabucchi. La nostalgia del possibile
1000 La memoria di Elvira
1001 Andrea Camilleri. La giostra degli scambi
1002 Enrico Deaglio. Storia vera e terribile tra Sicilia e America
1003 Francesco Recami. L'uomo con la valigia
1004 Fabio Stassi. Fumisteria
1005 Alicia Giménez-Bartlett, Marco Malvaldi, Antonio Manzini, Santo Piazzese, Francesco Recami, Gaetano Savatteri. Turisti in giallo
1006 Bill James. Un taglio radicale
1007 Alexander Langer. Il viaggiatore leggero. Scritti 1961-1995
1008 Antonio Manzini. Era di maggio
1009 Alicia Giménez-Bartlett. Sei casi per Petra Delicado
1010 Ben Pastor. Kaputt Mundi
1011 Nino Vetri. Il Michelangelo
1012 Andrea Camilleri. Le vichinghe volanti e altre storie d'amore a Vigàta
1013 Elvio Fassone. Fine pena: ora
1014 Dominique Manotti. Oro nero
1015 Marco Steiner. Oltremare
1016 Marco Malvaldi. Buchi nella sabbia
1017 Pamela Lyndon Travers. Zia Sass
1018 Giosuè Calaciura, Gianni Di Gregorio, Antonio Manzini, Fabio Stassi, Giordano Tedoldi, Chiara Valerio. Storie dalla città eterna
1019 Giuseppe Tornatore. La corrispondenza
1020 Rudi Assuntino, Wlodek Goldkorn. Il guardiano. Marek Edelman racconta

1021 Antonio Manzini. Cinque indagini romane per Rocco Schiavone
1022 Lodovico Festa. La provvidenza rossa
1023 Giuseppe Scaraffia. Il demone della frivolezza
1024 Colin Dexter. Il gioiello che era nostro
1025 Alessandro Robecchi. Di rabbia e di vento
1026 Yasmina Khadra. L'attentato
1027 Maj Sjöwall, Tomas Ross. La donna che sembrava Greta Garbo
1028 Daria Galateria. L'etichetta alla corte di Versailles. Dizionario dei privilegi nell'età del Re Sole
1029 Marco Balzano. Il figlio del figlio
1030 Marco Malvaldi. La battaglia navale
1031 Fabio Stassi. La lettrice scomparsa
1032 Esmahan Aykol, Gian Mauro Costa, Alicia Giménez-Bartlett, Marco Malvaldi, Antonio Manzini, Francesco Recami, Gaetano Savatteri. Il calcio in giallo
1033 Sergej Dovlatov. Taccuini
1034 Andrea Camilleri. L'altro capo del filo
1035 Francesco Recami. Morte di un ex tappezziere
1036 Alan Bradley. Flavia de Luce e il delitto nel campo dei cetrioli
1037 Manuel Vázquez Montalbán. Io, Franco
1038 Antonio Manzini. 7-7-2007
1039 Luigi Natoli. I Beati Paoli